Friederun Reichenstetter

Verflixte weiße Weihnacht!

Friederun Reichenstetter

Verflixte weiße Weihnacht!

Mit Illustrationen
von Heribert Schulmeyer

cbj

cbj ist der Kinder- & Jugendbuchverlag
in der Verlagsgruppe Random House

www.cbj-verlag.de

Umwelthinweis:
Dieses Buch wurde auf chlorfrei gebleichtem Papier gedruckt.

Gesetzt nach den Regeln der Rechtschreibreform

1. Auflage 2004

Lektorat: Martina Kuscheck
Umschlagbild und Innenillustrationen: Heribert Schulmeyer
Umschlaggestaltung: Basic-Book-Design, Karl Müller-Bussdorf
Ku · Herstellung: WM
Satz und Reproduktion: Uhl+Massopust, Aalen
Druck: GGP Media GmbH, Pößneck
ISBN 3-570-12839-3
Printed in Germany

Vorwort

Neulich hat Frau Endlich, meine Lehrerin, unter meinen Aufsatz geschrieben: *Ellen, wenn du wirklich Schriftstellerin werden willst* (und das will ich!), *merk dir diese Regel: Jedes ordentliche Ding hat einen Anfang und ein Ende. Auch eine Geschichte. Deine hat weder das eine noch das andere. Schade.*

Ich bin mir nicht sicher, ob das stimmt. Denn schließlich fängt jede Sekunde etwas Neues an oder etwas Altes verändert sich. Wie soll man denn wissen, wann WIRKLICH etwas anfängt oder aufhört? Ich habe Papa deswegen gefragt. Der hat geantwortet, dass sich über dieses Problem schon viele gescheite Leute den Kopf zerbrochen haben, ohne dass etwas dabei herausgekommen ist. Weshalb es sinnlos ist, wenn auch er noch darüber nachdenkt. Aber Mama hat gemeint, dass man sich immer für etwas entscheiden muss: Bei einer Geschichte also für eine passende Sekunde, mit der man anfängt. Das Gleiche gilt für den Schluss. Sonst gäbe es nur unendliche Geschichten, erklärte sie.

So lasse ich jetzt meine Weihnachtsgeschichte »Verflixte weiße Weihnacht« mit Tante Lola beginnen, obwohl es bestimmt Millionen genauso gute oder sogar noch bessere Anfänge gäbe.

Das ERSTE KAPITEL *beginnt mit einer Beschwörung im Schnee und endet mit einem Verzweiflungsschrei*

Leon sah sie als Erster. Mit seinem linken Zeigefinger, an dem ein grauer, abgelutschter Kaugummi klebte, deutete er durch die Windschutzscheibe und krähte: »Schaut mal, wer dort steht!«

»Wer?« Mama hob ihre kurzsichtigen Augen von der Landkarte, die sie gerade studierte. Dann drehte sie sich zu Leon um, der zwischen Pauline und mir in seinem Kindersitz auf der Rückbank thronte. »Wer soll da stehen?«, fragte sie genervt. War auch kein Wunder, dass sie das war! Seit Stunden krochen wir mit »tausend anderen Idioten«, wie meine Schwester Pauline schlecht gelaunt von sich gegeben hatte, unserem Ferienziel entgegen: einem Bauernhaus in der Schweiz.

»Tante Lola ist das!«, schrie Leon. »Mit einem Raben oder einer Krähe!«

»Tante Lola?« Mama setzte ihre Brille auf und versuchte, durch die tanzenden Schneeflocken hindurch die Gestalt am Straßenrand näher in Augenschein zu nehmen.

Wie eine Vogelscheuche im Wintersturm, die Arme waagrecht vom Körper gestreckt, stand diese ruhig da. Dann fing sie an, sich hin und her zu wiegen, ähnlich einem Medizinmann bei einer Beschwörung.

»Sieht von weitem tatsächlich Tante Lola zum Verwechseln ähnlich«, murmelte nun auch Papa hinter dem Steuer. »Ich würde ja lachen, wenn sie's wirklich wäre«, er warf Mama einen vorwurfsvollen Blick zu, »nachdem du der ganzen Verwandtschaft an Weihnachten entfliehen wolltest.«

»Sie sieht nicht nur aus wie Tante Lola«, kreischte Pauline. »Es *ist* Tante Lola. Mitsamt ihrer uralten roten Schrottlaube!«

»Und je-je-jetzt«, vor Aufregung fing Leo zu stottern an, »hat sich der Rabe auf ihren Kopf gesetzt und sie hat ihn ge-ge-packt und – und…«

»… in den Kofferraum vom Auto gestopft!«, rief Pauline empört. »Schaut euch das an! Sonst tut sie doch immer so tierliebend. Das sollte man direkt dem Tierschutzverein melden.«

»Aber du magst doch Krähen überhaupt nicht.« Mit seinen kugelrunden Augen musterte Leon Pauline. »Eigentlich ist das komisch. Wo Schwarz doch sonst deine Lieblingsfarbe ist.«

»Ich habe nichts gegen Krähen!«, entgegnete Pauline ärgerlich. »Nur gegen Tanten, wie Lola eine ist.«

»Hast du wohl«, widersprach ich. »Neulich hast du sogar gesagt, wenn dich noch einmal jemand mit einer Krähe vergleicht, drehst du demjenigen den Hals um. Wenn du die leiden könntest, würdest du dich über den Vergleich freuen.«

»Ich mag auch den Mond«, muffelte Pauline mich an, »und trotzdem will ich nicht unbedingt wie einer aussehen.«

Gerade rollte unser Auto wieder ein bisschen vorwärts.

»Sollen wir anhalten«, fragte Papa, »falls es denn wirklich Tante Lola sein sollte?«

»Was heißt hier anhalten?«, schnaubte Pauline. »Wir stehen doch sowieso die ganze Zeit.«

»Ihr habt Nerven! Klar halten wir an!«, rief Mama. »Man kann Tante Lola doch nicht einfach in dieser Kälte erfrieren lassen. Vielleicht hat sie eine Reifenpanne. Und schließlich ist sie die Schwester meiner Mutter – und obendrein die netteste und originellste Person unserer ganzen Verwandtschaft.«

»Ich habe ja nur gemeint, ob wir sie abschleppen sollen oder etwas in der Art«, rechtfertigte sich Papa. »Vermutlich hat sie aber schon längst einen Reparaturdienst gerufen.«

»Reifenpanne – dass ich nicht lache!« Bei Pauline hörte man die Zähne knirschen, so eine Wut hatte sie. »Schindet Mitleid hier am Straßenrand in ihren uralten Penner-Klamotten. Das hat uns echt noch gefehlt.«

Pauline zu widersprechen hatte überhaupt keinen Sinn. Darum sagte ich nur: »Früher hast du Tante Lola eigentlich ganz gern gemocht.«

»Ich mag sie immer noch!«, verkündete Leon.

»Fast am liebsten von allen, die ich kenne«, fügte er hinzu.

Pauline warf sowohl mir als auch Leon einen vernichtenden Blick zu: »Ich kann sie nicht mehr leiden, seit sie so gestört ist und sich auch noch in alles einmischt, was sie nichts angeht«, fauchte sie.

Sie hatte Tante Lola nicht verziehen, dass die ihren scheußlichen schwarzen Samtmantel mit dem räudigen Pelz eines Maulwurfs verglichen und ihren Freund Simon ein »unreifes Früchtchen« genannt hatte.

Im Gegensatz zu Pauline mochte ich Tante Lola nach wie vor, obwohl sie – da musste ich Pauline ausnahmsweise Recht geben – in den letzten Klamotten herumlief. Meistens trug sie einen viel zu großen, uralten Lodenmantel (*kann man als Decke verwenden, im Notfall als langen Rock hernehmen und zusammengelegt als Kissen,* erklärte sie), hässliche, klobige Schnürstiefel (*wer weiß, wo es einen hin verschlägt, in öde Landstriche, Wüsten oder Gebirge, wo man stundenlang zu Fuß gehen muss*), fast immer einen unmöglichen Hut (*solltet ihr auch tragen, ist gut gegen Sonne, Regen, Kälte und Schneestürme, kann ich nur empfehlen*), und einen

Rucksack in grüngelber Schockfarbe (*ist besser als eine Leuchtrakete, diese Farbe sieht man von weitem, obendrein ist ein Rucksack immer praktischer als ein Koffer!*). Aber sonst war wenig an Tante Lola auszusetzen. Im Gegenteil. Niemand konnte so gut erzählen wie sie, die schon durch die ganze Welt gereist war. Immer allein und immer mit ihrem Rucksack, ihren Siebenmeilenstiefeln, ihrem Lodenmantel und ihrem Hut.

Es vergingen noch ein paar Minuten, bis wir Tante Lola erreicht hatten. Sie war es wirklich, da gab es keinen Zweifel mehr. Papa fuhr auf den Seitenstreifen und hielt direkt hinter ihrem dunkelroten Wagen.

Mama stieg als Erste aus. »Meine Zeit, wo kommst du denn her?«, rief sie ihr entgegen.

»Schön, dass ihr da seid!« Tante Lola stürmte auf Mama zu. Der Wind fuhr unter ihren weiten Lodenmantel, sodass er sich blähte und wölbte wie das schwarze Segel eines Piratenschiffs. Und als sie dann Mama umarmte, sahen die beiden aus wie zwei Schiffbrüchige auf hoher See.

»Hast du denn auf uns gewartet?«, fragte Papa verblüfft.

»Und ob!«, antwortete Tante Lola.

»Aber woher wusstest du, dass wir gerade hier vorbeikommen würden?«, fragte Mama.

»Genau wusste ich es natürlich nicht«, antwortete Tante Lola und ließ Mama wieder los. »Aber ich habe es einfach einmal gehofft. Und du hast mir ja so freundlich geschrieben und mitgeteilt«, sie bedachte Mama mit einem dankbaren Blick, »dass ihr an Weihnachten in die Schweiz und dort in die

Nähe des Örtchens Muatez fahren wollt. War übrigens schwierig auf der Landkarte zu finden. Den Termin hast du auch angegeben. Und weil ich früher von meiner Reise zurückgekommen bin, als ich dachte, habe ich mich auf die Socken gemacht.«

Von seinem Kindersitz aus betrachtete Leon interessiert Tante Lolas Füße. »Aber du hast doch Schuhe an«, rief er aus dem Fenster.

»Stimmt genau. Ist nur so eine Redensart.« Tante Lola lachte, weil Leon wieder einmal alles ganz wörtlich nahm. »Und ich habe auch wirklich nicht vor, euch zu belästigen«, fuhr sie fort. »Eigentlich wollte ich nur ein bisschen in eurer Nähe sein und euch einfach mal kurz besuchen. Sozusagen als Überraschungsgast. Aber dann hat mein Auto den Geist aufgegeben. Da habe ich schwer gehofft, dass ihr des Weges kommen würdet.«

»Und was hast du jetzt vor?«, fragte Papa.

»Vielleicht könntet ihr mich einfach ein Stück mitnehmen? Aber natürlich nur, wenn es euch nichts ausmacht«, meinte Tante Lola. »Ich würde dann irgendwo in eurer Nähe versuchen, ein Zimmer zu finden. So müsstet ihr meinetwegen keinen Umweg machen.«

»Und dein Wagen?«, fragte Papa. »Was soll mit dem passieren?«

»Den können wir ruhig stehen lassen. Der ist nicht mehr zu reparieren. Der Motor ist hinüber.«

»Bist du dir da sicher?«, fragte Mama.

»Ganz sicher, so wie der geraucht hat. Ich dachte schon, das ganze Ding ginge in Flammen auf. Gleich nach Weihnachten lasse ich ihn dann abschleppen.«

»Also, dann machen wir uns mal ans Umpacken«, meinte Mama, »bevor wir hier festfrieren und vor Schnee nicht mehr weiterkommen. Muss das hier alles mit?« Sie warf einen Blick in die Tiefen von Tante Lolas Kofferraum.

»Tante Lola, Tante Lola!« Leo hatte sich aus seinem Kindersitz befreit und drängelte noch vor mir aus dem Auto, »was ist das für ein Rabe da hinten in dem Vogelkäfig? Darf der auch mit?«

»Das ist kein Rabe, sondern ein Beo, der sogar sprechen kann«, antwortete Tante Lola und zerrte aus dem Kofferraum einen Käfig mit dem schwarzen Vogel, den sie kurz zuvor wieder eingefangen hatte. »Der war fast am Verhungern, als ich ihn auf meiner letzten Reise durch Thailand entdeckt habe. Vorhin wäre er mir übrigens um ein Haar entkommen.« Sie bedachte den Beo mit einem strafenden Blick, was den Beo wahrscheinlich ziemlich ärgerte, denn er schrie »Good mornin' an' shit!« und kratzte sich empört mit einem seiner dünnen Beine am Kopf, während er auf dem zweiten im Kreis herumhüpfte.

»War der Beo im Zirkus?«, fragte Leon erfreut. »So was machen die dort nämlich auch.«

»Wenn dieses Vieh einsteigt, steig ich aus«, drohte Pauline durch die offene Wagentür. »Mit all diesen ekelhaften Milben, die er mit sich herumschleppt und durch seine Kratzerei auch noch überallhin befördert.«

»Ich hätte nichts dagegen, wenn du die Fliege machst«, sagte ich, »dann haben wir wenigstens ein bisschen mehr Platz hier hinten.«

Offensichtlich beschloss Pauline dann aber doch, bei uns zu bleiben. Allerdings kehrte sie uns den Rücken zu und gab lange Zeit kein Wort mehr von sich. Auch nicht als sich Tante Lola zwischen uns auf den Rücksitz klemmte und der Rabe, der kein Rabe, sondern ein Beo war, aus dem Käfig im Kofferraum heraus pausenlos sein »Shit, shit!« vor sich hin plapperte.

»Was schreit er denn eigentlich immerzu?«, fragte Leon.

»Was soll er denn schon schreien!«, zischte Pauline. »Scheiße schreit er. Und das ist auch das einzige Wort, das wirklich passt.« Sie holte tief Luft: »Ich habe von Anfang an gesagt, dass diese ganze verdammte Weihnachtsgeschichte ein Schwachsinn ist. Von Anfang an, schon als dieser Brief bei uns hereinschneite.«

»Ist der Brief dann geschmolzen?« Leon riss seine blauen Augen auf. »Wo der doch aus Schnee war. Sonst hätte er ja nicht hereinschneien können, oder?«

»Du machst mich noch wahnsinnig mit deinem doofen Geplappere!« Völlig genervt zog Pauline ihr Handy aus der Hosentasche und drückte wie verrückt auf die verschiedenen Tasten. »Wenn ich nicht sofort mit einem normalen Menschen reden kann, drehe ich durch!«, murmelte sie.

Aber offenbar war niemand Normales da und auch sonst nichts angekommen, nicht die kleinste SMS. Da wandte Pauline ihr Gesicht zum Fenster. Ich sah trotzdem ein paar Tränen, die zwischen ihren Wimpern hervorkullerten. Sicher dachte sie an das

Mädchen mit den schwarz angemalten Trauerrandaugen, mit dem sie ihren Freund Simon Trauerkloß gesehen hatte. Auch noch eng umschlungen. Da tat sie mir fast ein bisschen Leid.

Im ZWEITEN KAPITEL *wird erklärt, warum meine Weihnachtsgeschichte schon vor Tante Lolas Auftauchen im Schnee angefangen hat und warum Mama und Papa wegen der Reise in die Schweiz verschiedener Meinung waren*

Pauline hat Recht. Die ganze »verdammte Weihnachtsgeschichte«, wie sie sie in ihrer Wut genannt hat, fing wirklich schon viel früher an, nämlich am 24. November, vier Wochen vor dem Heiligen Abend und vierundzwanzig Tage, bevor wir Tante Lola am Straßenrand aufklaubten (es ist echt schwierig, für eine Geschichte den *richtigen* Anfang zu finden!). Dass es der vierundzwanzigste November war, weiß ich darum so genau, weil ich eine Eins in Mathe herausbekommen hatte. Das habe ich rot in meinem Kalender vermerkt. Als ich an diesem Tag von der Schule nach Hause kam, strahlte mich Mama an, als ob sie es schon erfahren hätte. Aber sie strahlte aus einem völlig anderen Grund.

»Ellen!«, rief sie mir entgegen. »Stell dir vor, Irene hat uns ihr Bauernhaus in der Schweiz angeboten.«

»Für immer?«, fragte ich.

»Nein, natürlich nicht. Über die Weihnachtsferien. Kostenlos! So ein Haus zu mieten ist entsetzlich teuer. Nie könnten wir uns das leisten. Aber weil Irene zusammen mit ihrem Freund über Weihnachten wegfährt, können wir rein. Wir müssen nur ihre Hühner und Katzen versorgen.«

Mama und Irene sind Freundinnen, seit sie zusammen im Kindergarten waren. Vor ein paar Jahren hat Irene von ihren Großeltern ein altes Bauernhaus in der Schweiz geerbt. Im Sommer ist sie dann für immer dorthin gezogen. Von unserer Familie hat es bisher noch keiner gesehen, auch Mama nicht.

»Freust du dich?«, fragte Mama.

Bevor ich mir das überlegen konnte, polterte Pauline zur Tür herein.

»Was sollen wir?«, jaulte sie, als sie die Neuigkeit mit dem Bauernhaus gehört hatte, »über Weihnachten in die Schweiz fahren? In ein Kaff am Ende der Welt! Misthaufen statt Pisten. Hühnerdreck in der Wohnung. Ohne mich! Wenn ich wohin fahre …«

»Aber es gibt Pisten«, wandte Mama ein. »Und du wünscht dir doch zu Weihnachten ein Snowboard. Wenn ich mich nicht irre, wolltest du doch Snowboardfahren lernen.«

»Wenn ich es lerne, dann nur *mit* Simon«, zischte Pauline zwischen ganz schmalen Lippen hervor. »Und überhaupt habe ich es dick, dass über mich bestimmt wird.« Ihre Stimme wurde schrill. »Wie über ein Stück Holz! Dabei bin ich bald vierzehn!« Bevor Mama etwas erwidern konnte, war Pauline abgerauscht.

Wie immer nach Paulines Tobsuchtsanfällen sah Mama fix und fertig aus. »Dabei ist Irenes Haus so schön«, seufzte sie. »Nicht einmal die beiden Fotos hat sie sich angesehen. Auf dem Küchentisch liegen sie übrigens.«

Auf einem der Fotos sah man ein altes Holzhaus mit Bergen im Hintergrund und Blumen vor den Fenstern. Davor gingen weiße Hühner spazieren.

Auf dem andern Foto war Winter. Da lag ringsum Schnee, auch auf dem Dach, und hinter den Fenstern hockten zwei Katzen, eine rote und eine schwarze, und betrachteten die Landschaft. Hühner sah man keine. Denen war es im Schnee bestimmt zu kalt.

»Ist es nicht traumhaft?« Erwartungsvoll sah mich Mama an. »Endlich werden wir richtig durchatmen können, weg von allen Abgasen und weg von der ganzen verstrahlten Gegend!« Mama sah zu den hässlichen Mobilfunkantennen hinüber, die nicht weit von uns entfernt auf dem Kindergarten in unserer Nähe montiert worden waren. Dann sog sie begierig die Luft ein, als ob sie schon mitten in der gesunden Bergluft stehen würde. »Wir werden wunderbare Weihnachten feiern, Schlitten fahren, Schifahren. Die Pisten sind nicht weit entfernt, schreibt Irene. Mit dem Auto ein Katzensprung.«

Im Stillen dachte ich, dass sich wahrscheinlich nur Mama und Leon in einem alten Bauernhaus richtig wohl fühlen würden. Mama mag alte Gemäuer, und Winter mag sie auch (früher war auch Pauline ein Winter-Fan, aber das ist längst vorbei!). Und Leon findet einfach alles gut, was aufregend ist, egal ob kalt oder warm.

Bei mir ist es anders. Im Winter sitze ich am liebsten daheim auf dem Sofa und lese. Oder ich sitze auf dem Sofa und schreibe in mein Tagebuch. Lesen und schreiben finde ich besser, als bei eisigen Winden im Sessellift auf steile Berge gebaggert zu werden. Hinterher muss man sie dann notgedrungen wieder herunterfahren, während einem die Kälte ins Gesicht beißt und die Augen so tränen, dass man gar nichts mehr sieht. Trotzdem war ich neugierig auf das Bauernhaus, wenn ich auch lieber erst im Sommer und nicht gerade über Weihnachten in die Schweiz gefahren wäre.

Auch Papa bewegt sich nicht besonders gern, obwohl er immer klagt, dass er von Mamas gutem Essen zu dick wird. Schifahren mag er nur, wenn es nicht zu kalt und nicht zu stürmisch ist und er nicht zu weit zum Lift laufen muss. Eigentlich mag er aber das warme Meer und den heißen Sand im Sommer viel lieber als den kalten Schnee im Winter. Darum freute ihn auch am Abend, als er heimkam, das Angebot von Mamas Freundin Irene überhaupt nicht.

Missmutig stocherte er im Essen herum und murmelte: »Auf diese Eiszapfen-Romantik kann ich verzichten! Da ist der Stress schon vorprogrammiert.

Stell dir vor, die Hühner kriegen die Hühnerpest oder wir werden eingeschneit oder unter einer Lawine begraben. Und Leon«, er schielte auf seinen Sohn, der damit beschäftigt war, widerspenstige Spagetti auf seine Gabel zu zwingen, »werden wir unentwegt suchen müssen. Er haut ja immer ab, wenn es ihm langweilig wird. Und langweilig wird es ihm bestimmt am ›A‹ der Welt.«

»Im Gegenteil«, widersprach Mama. »Dort hat Leon alles, was er sich wünscht. Hühner, Katzen, eine Scheune, viel Platz zum Spielen. Ich glaube, Weihnachten wird supergemütlich.«

Leon selbst sah dieser Art von Weihnachtsüberraschung begeistert entgegen. Aufgeregt zappelte er auf seinem Stuhl herum. »Das ist fast wie in der Arche Noah«, jubelte er. »Alle Tiere beieinander!« Seine Kindergärtnerin hatte ihnen die Geschichte von der großen Sintflut erzählt und seitdem fand er sie fast noch besser als die von Yeti und Ötzi. »Kann ich auch wirklich ganz allein die Hühner füttern?«, fragte er immer wieder. »Und auch die Katzen?«

»Klar, die Mäuse auch«, murmelte Pauline mit Grabesstimme. »Die freuen sich besonders, wenn wir kommen. Vermutlich knabbern sie nachts an unseren Zehen unter den zentnerschweren Bettdecken und spucken ihre Viren auf alles, was wir essen wollen.«

»Was sind Wieren?«, erkundige sich Leon. »Kann ich die auch füttern?«

»Warum muss Leon immer so dummes Zeug reden! Immerhin ist er doch kein Baby mehr, sondern fünf Jahre alt«, beschwerte sich Pauline bei Papa und Mama. »Traurig ist das!«

»Warum?«, fragte Leon. »Weil ich nicht wie Simon Trauerkloß aussehe?«

Wie von der Tarantel gestochen, sprang Pauline

auf. Dabei warf sie mit Getöse ihren Stuhl um. »Simon Trauerkloß! Hätte ich mir ja denken können, dass er bei euch Spießern so heißt.«

»Es reicht!«, rief Mama. »Kann man hier denn nicht einmal mehr in Ruhe essen?«

»Könnt ihr. Ich bin schon weg.« Pauline knallte die Tür hinter sich zu, dass es nur so krachte.

»Und wenn wir nur in die Schweiz führen, damit Pauline endlich mal eine Zeit lang weg von diesem – na ja, es stimmt ja wirklich – Trauerkloß ist«, stöhnte Mama. »So geht das nicht weiter! Langsam bin ich mit den Nerven am Ende.« Mama heftete ihre Augen, in denen man den Stress so richtig sitzen sah, auf Papa. Der seufzte, dann nickte er. Da wusste ich, dass er sich in sein Schicksal ergeben hatte.

Das DRITTE KAPITEL *handelt von Pauline nebst ihrem Freund Simon Trauerkloß und von Mamas Hoffnung auf besonders nette Schweizer Jungen*

Früher war ich richtig stolz auf meine große Schwester. Manchmal sind wir uns zwar auch auf den Geist gegangen, aber nicht so wie jetzt. Jetzt streiten wir uns pausenlos. Früher, das war ungefähr vor einem Jahr, als Pauline noch nicht ganz dreizehn war und bevor sie sich in Simon Glos aus der Nachbarschaft verknallte. Ich nenne ihn Simon Trauerkloß, aber nur wenn Pauline nicht in der Nähe ist. Allerdings hätte ich besser aufpassen und das mit dem Trauerkloß nicht vor Leon sagen sollen, weil der alles ausplaudert. Aber zu spät ist zu spät.

Was Pauline an Simon findet, weiß kein Mensch. Papa sagt, das hat mit der Pubertät zu tun, in der Pauline steckt. Angeblich geht die eines Tages auch wieder vorbei, was ich mir aber zurzeit nicht vorstellen kann.

Auf jeden Fall schleicht dieser Simon tagaus tagein im langen schwarzen Mantel durch die Straßen, auf dem Kopf einen schwarzen Hut und an den Füßen schwarze Stiefel. Als Leon ihn das erste Mal gesehen hat, dachte er, das sei unser neuer Schornsteinfeger. Simon Trauerkloß war stocksauer, wo er doch teuflischer aussehen möchte als alle Teufel der Hölle zusammen.

Auch Pauline hat sich einen langen schwarzen Krähenmantel zugelegt (das ist der, den Tante Lola mit einem räudigen Maulwurfspelz verglichen hat) und ihre Haare und Augenbrauen kohlrabenschwarz gefärbt, ohne vorher zu fragen, ob sie das auch darf.

Als Mama sie so sah, bekam sie eine echte Krise. »Hast du noch alle?«, schrie sie Pauline an und ließ sich vor Entsetzen auf den nächsten Stuhl fallen. »Wie kann ein Mensch sich nur so verunstalten!«

Seit Pauline mit Simon Trauerkloß befreundet ist, lacht sie kaum mehr. Wahrscheinlich hat er es ihr verboten. Zu allem Unglück hatte ihn Pauline auch noch ein paar Wochen vor Weihnachten mit einem andern Mädchen gesehen, das doppelt so satanisch aussieht wie sie selbst. Da hat sie sich in ihr Zimmer eingesperrt und stundenlang geheult. Ab da war sie noch unausstehlicher als sonst.

Dass Mama Pauline wenigstens über die Weihnachtsferien von Simon Tauerkloß fern halten wollte, verstanden wir alle. Alle bis auf Pauline. Gleich am nächsten Morgen beim gemeinsamen Frühstück, als Pauline mal kurz aus dem Zimmer ging, verkündete Mama fröhlich: »Ich habe heute früh schon Irene angerufen. Sie sagt, bei diesen Snowboard-Kursen geht es ganz besonders locker und lustig zu. Könnte doch sein, dass Pauline dort einen netten Jungen trifft.«

»Nette Jungs gibt es hier auch«, entgegnete ich. »Jede Menge davon. Sie interessieren Pauline nur nicht.«

Aber nichts konnte Mamas Vorfreude bremsen. Voller Genuss schob sie sich ein Stück Breze in den Mund: »Außerdem stelle ich es mir wunderbar vor, einmal an Weihnachten nicht allein für alles verantwortlich zu sein.« Sie warf Papa einen bedeutsamen Blick zu. »So richtig erholsam.«

»Ich fand es eigentlich sehr schön, so wie es bisher war«, meinte Papa und legte das Brötchen, das er eigentlich noch hatte essen wollen, zurück in den Brotkorb.

»Das glaube ich gern.« Mama bestrich den Rest ihrer Brezel dick mit Butter. »Für dich schon! Für mich weniger. Weihnachten war immer stressig. Und weißt du«, ihre Stimme klang ein bisschen wie das Schnurren einer Katze, »es wird unserer Familie richtig gut tun, wenn wir einmal *gemeinsam* Weihnachten vorbereiten, einmal *gemeinsam* einen Christbaum aussuchen, ihn auch einmal *gemeinsam* schmücken ...«

»... einmal gemeinsam Hühnerkacke fortbaggern, uns gemeinsam langweilen und gemeinsam Schnee schippen«, prophezeite Pauline, die gerade wieder ins Zimmer gekommen war.

Weil sie nicht genau hingehört hatte, nickte Mama. »Klar, alle zusammen, das macht Spaß. Zudem brauchen wir von den Weihnachtsgeschenken abgesehen kaum etwas mitzunehmen. Es gibt im Dorf, das nicht weit entfernt ist, einen guter Lebensmittelladen. Die verkaufen sogar Weihnachtsbäume. Christbaumschmuck befindet sich im Haus, auch Bettwäsche, Handtücher, eine Waschmaschine. Wir kriegen noch eine genaue Liste, wo alles ist. Das wird das schönste Weihnachten und der beste Urlaub überhaupt. Ich freue mich wie ein Schneekönig darauf!«

»Kennst du einen?«, fragte Leon, der auf einem Stuhl mit drei Kissen thronte und seinen Kakao schlürfte.

»Ich kenne keinen«, antwortete Mama.

»Aber warum weißt du dann, *wie* er sich freut?«, fragte Leon.

»Weil er zuerst einmal nur ein Haufen Schnee ist und dann zum Schneemann wird, und schließlich sogar wegen seiner goldenen Krone als König endet.«

»Und woher bekommt er die Krone?«, fragte Leon.

Hilfe suchend sah Mama um sich. Ihr Blick traf mich.

»Entweder vom Yeti oder dem Ötzi, die auch im Schnee wohnen«, antwortete ich.

Mit dieser Erklärung war Leon zufrieden. Er hat zwei Bücher über die beiden, die er sich fast jeden Tag einmal ansieht.

»Auf jeden Fall«, Mama wandte sich wieder an Papa, »kannst auch du mal bei den Weihnachtsvorbereitungen dabei sein, weit weg vom Büro und von lästigen geschäftlichen Anrufen. Für dich ist das doch sicher auch mal nett.«

Papa sah überhaupt nicht so aus, als ob er es nett fände. Im Gegenteil.

»Und für mich«, fuhr Mama fort, »hat es den großen Vorteil, dass ich nicht wie üblich alles allein bis zum Umfallen vorbereiten muss –«

»Ich habe dich noch nie umfallen sehen«, beschwerte sich Leon und rutschte vom Stuhl herunter, um Mama näher zu begutachten. »Machst du das immer abends, wenn ich im Bett bin?«

Mama nickte. Papa seufzte. »Aber was wird in diesem Jahr aus deinen und meinen Eltern, die an Weihnachten doch meistens bei uns sind? Auch Tante Lola. Die werden enttäuscht sein.«

Ich glaube, unsere Verwandtschaft war Papas letzter Hoffnungsschimmer auf ein gemütliches Weihnachten daheim ohne Eiszapfen und Schneekönige, obwohl er, von Weihnachten abgesehen, nicht so für Verwandtschaft war.

»Schon alles geklärt«, entgegnete Mama. »Zur

Abwechslung verbringen meine Eltern Weihnachten bei meiner Schwester. Und deine Eltern wollen vielleicht eine kleine Kreuzfahrt machen. Ich habe ihnen sehr zugeraten. Was Tante Lola betrifft, so flitzt sie noch irgendwo in der Weltgeschichte herum. Seit sie nicht mehr arbeitet, ist sie ja immerzu unterwegs. Vermutlich wäre sie an Weihnachten sowieso nicht da gewesen.«

»Die gute Nachricht des Tages«, erklärte Pauline. »Wenigstens bleibt uns Tante Lola erspart. Sie ist so was von megaout mit ihrem Ökogeschwafel und dem ganzen Rest. Und wenn sie dann auch noch mit ihrem Bauernhof anfängt…«

»Immerhin hat sie den Hof ihrer Eltern jahrelang allein bewirtschaftet und nebenbei noch eine Ausbildung als Kindergärtnerin durchgezogen«, unterbrach sie Mama. »Das soll ihr erst einmal jemand nachmachen. Und jetzt, seit sie nicht mehr arbeitet, erfüllt sie sich den Traum ihres Lebens und kurvt durch die Welt.«

»Auch noch Kindergärtnerin.« Missbilligend schüttelte Pauline ihr kohlrabenschwarzes Zottelhaar. »Vermutlich hat sie Generationen von Kindern ruiniert.«

»Und wann soll die Reise beginnen?«, fragte Papa.

»Am zweiundzwanzigsten Dezember fangen die Ferien an«, erklärte Mama. »Das ist ein Freitag. Das passt dir doch auch ganz gut, oder?«

»Sehr gut sogar«, antwortete Papa. Aber es hörte sich eher an wie das krasse Gegenteil.

Das VIERTE KAPITEL *beginnt da, wo das erste Kapitel aufgehört hat, nämlich mit Tante Lola und ihrem Beo. Und es geht weiter mit Schneewehen, die an ungeeigneten Plätzen entstehen*

Wahrscheinlich muss ich irgendwann auf unserer Fahrt in die Schweiz, eingeklemmt zwischen Leons Kindersitz und Tante Lola, eingedämmert sein. Auf jeden Fall schreckte ich auf, weil Leon laut »Ich muss pieseln!« rief und der Beo sein Geschrei mit kräftiger Stimme unterstützte.

»Wenn wir jetzt anhalten«, warnte Papa, »bleiben wir mit Sicherheit im Schnee stecken! Der reinste Blizzard tobt da draußen.«

»Aber ich muss trotzdem, ganz dringend!«, lamentierte Leon.

»Sei's drum!«, stöhnte Papa.

Gleich darauf gab das Auto ein schrecklich mahlendes Geräusch von sich, rumpelte noch ein bisschen und blieb stehen.

»Was ist denn jetzt schon wieder!«, schnaubte Pauline und rieb sich die Augen.

»Wir hängen fest«, antwortete Papa in einem Tonfall, der selbst Pauline verstummen ließ. »In irgendeiner gottverdammten Schneewehe!«

»Jetzt muss ich nicht mehr!«, verkündete Leon. »Von mir aus könnt ihr weiterfahren.«

»Glaubst du denn, wir sind hier im Kasperltheater!« Wütend drehte sich Papa zu Leon um.

»Im Kasperltheater hätte ich bestimmt nicht pieseln müssen«, rechtfertigte sich Leon, »weil es da nämlich aufregend ist. So wie jetzt mit der Schneewehe. Nur wenn es langweilig wird, muss man.«

Inzwischen war es ziemlich dämmrig geworden. Aber doch noch hell genug, dass wir die unendliche Winterlandschaft um uns her bewundern konnten und Millionen Schneeflocken, die ein wütender Sturm vor sich herjagte.

»Wie im Ötziland«, rief Leon begeistert, »oder wie beim Yeti.«

»Wo sind wir denn eigentlich?« Auch Tante Lola fuhr verschlafen in die Höhe.

»Vermutlich am Nordpol«, antwortete Papa düster und starrte durch die Windschutzscheibe. Dann stieg er aus. Der Wind riss ihm die Tür aus der Hand, und bevor er sie wieder zuschlagen konnte, fuhr eine eisige Ladung Schnee ins Wageninnere, die uns alle ganz schnell munter machte.

Mit wehendem Schal, wehenden Haaren, die wie bei einem Irokesenschnitt nach oben standen, und grimmigem Gesicht sahen wir Papa die Schneewehe betrachten, in der wir steckten. Sie hatte sich genau da gebildet, wo die Straße anstieg.

»Ich wette, dass wir da niemals mehr rauskommen«, hörten wir Papa gegen den Sturm anschreien. »Und falls doch, fresse ich vor Begeisterung den Beo mitsamt seinem Käfig.«

Leon heulte los.

»Was ist denn?«, fragte ich. Manchmal konnte einem Leon ziemlich auf den Geist gehen, das fand nicht nur Pauline.

»Papa soll den Beo nicht fressen!«, schniefte

Leon. Aber niemand kümmerte sich um ihn, nicht einmal Mama.

Leise sagte sie: »So menschenleer und verlassen habe ich mir das eigentlich nicht vorgestellt. Aber weit kann es doch beim besten Willen nicht mehr sein. Vielleicht noch zehn Kilometer bis Muatez. Vor knapp einer Stunde sind wir von der Hauptstraße abgebogen.« Sie wandte sich an Tante Lola. »Mit einem Zimmer für dich wird es heute nichts mehr. Da sehe ich schwarz.«

»Mach dir meinetwegen mal keine Gedanken«, beruhigte sie Tante Lola, »irgendetwas wird sich schon finden.«

»Wird sich auch. Nämlich bei uns im Bauernhaus, falls wir es jemals erreichen«, murrte Pauline aufgebracht. »Vermutlich darf ich mich dann mit Ellen in ein Bett quetschen, weil du das andere in Beschlag nimmst.«

»Schon möglich«, stimmte ihr Tante Lola gut gelaunt zu, während sie sich abmühte, aus der Enge des Autos nach draußen zu gelangen. »Wo ist denn eine Schaufel?«, fragte sie Mama, bevor sie sich endgültig in den Sturm hinausstürzte. »Und Schneeketten habt ihr doch sicher auch dabei.«

»Wir dachten, gute Winterreifen müssten reichen«, antwortete Mama bedrückt. »Mit solchen Witterungsverhältnissen haben wir nicht gerechnet. Auch nicht, dass wir so ewig brauchen würden.«

»Ewig wie ewige Ruhe«, unkte Pauline. »Morgen steht in der Zeitung: *Familie mit Tante und Vogel zu Eiszapfen erstarrt.*«

»Beim Ötzi war das auch so«, rief Leon begeistert. »Er war gefroren wie ein Fischstäbchen, bevor er in eine Gletscherspalte gefallen ist.« Papas Anschlag auf den Beo hatte er schon wieder vergessen.

»Mach keine blöden Witze«, fuhr Mama Pauline an. »Steig lieber mit aus und hilf schieben. Und zwar ein bisschen plötzlich. Das gilt auch für dich, Ellen.«

»Ich und schieben?« Pauline sah auf ihre dürren Beine in den schwarzen Jeans. Simon Trauerkloß stand auf dürre Mädchen, darum aß Pauline inzwischen weniger als Leon. »Ungerecht, dass gerade ich helfen soll! Wer wollte denn in die Schweiz? Zudem bringt es null, wenn ich schiebe. Der Wind weht mich ja weg, bevor ich überhaupt damit anfange.«

»Wird Zeit, dass du wieder Muskeln bekommst.« Papa streckte den Kopf ins Wageninnere. Seine Geduld war am Ende. Das mit Paulines Muskeln sagte er wie ein Arzt, der eine scheußliche Medizin verordnet. »Meinst du, ich würde nicht auch lieber daheim im Warmen auf dem Sofa sitzen und Zeitung lesen? Also, Herrschaften, an die Arbeit.«

»Shit, shit an' I love you!«, plärrte der Beo, als wir alle bis auf Mama aus dem Auto krochen. Die saß am Steuer und sollte lenken.

Leon warf sich, kaum dass er ausgestiegen war, in den Graben neben der Straße und ging sofort im Schnee unter.

Papa zog ihn wieder heraus. »Bürschchen!«, drohte er. »Wenn du nicht mit dem Unsinn aufhörst, setzt's was.«

»Ich höre nur auf, wenn du den Beo nicht frisst«, meuterte Leon und machte sich startklar für den nächsten Sprung. »Obendrein gibt es hier gar nichts, auf das du mich setzen kannst.«

»Lasst uns doch endlich anfangen!«, rief Tante Lola ungeduldig in den Schneesturm hinein, der uns umtobte. »Leon retten wir dann später.« Sie spuckte in die Hände und rief: »Hau ruck!«

Wir schoben, was die Arme hergaben. Sogar Pauline bemühte sich. Jede Menge Atemwölkchen kamen aus ihrem Mund. Trotzdem bewegte sich das Auto keinen Millimeter von der Stelle.

»Sauber!« Papa und rieb sich die Schneeflocken aus den Augen. »Was machen wir jetzt? Zu Fuß gehen vermutlich.«

»Als ich früher einmal auf unserem Bauernhof mit dem Traktor im Schnee stecken geblieben bin«, erklärte Tante Lola, »habe ich vor die Räder alte Säcke geworfen, die hinten auf dem Anhänger lagen. Dann haben die Reifen wieder gegriffen.«

»Nachdem wir auf keinem Bauernhof sind und keine Säcke haben, müssen wir uns wohl jetzt alle nackt ausziehen und unsere Klamotten vor die Reifen schmeißen«, ereiferte sich Pauline.

»Fußmatten tun's doch sicher auch », rief Mama. »Immerhin haben wir vier Stück davon.«

Sogar Pauline schrie Hurra, als die Räder nicht mehr durchdrehten und das Auto einen Ruck nach vorn machte. Leider nur ein paar Zentimeter.

»Dann hilft nur noch meine Schaufel«, erklärte Tante Lola. »Ich dachte zwar, wir könnten uns das Buddeln ersparen, aber dem ist nicht so.«

»Shit an′ nice to meet you!«, begrüßte der Beo Tante Lola, als sie den Kofferraum aufmachte. Als sein Vogelkäfig kurzzeitig an die frische Luft befördert wurde und ihm die Eiskristalle um den Schnabel sausten, verschlug es sogar ihm die Sprache.

Aus den Tiefen ihres gigantischen neonfarbenen Rucksacks fischte Tante Lola eine zusammenklappbare Schaufel.

»Die habe ich immer dabei«, verkündete sie. »Man kann sie für alles brauchen.«

Zuerst schippte Papa eine Weile, dann Mama und schließlich Tante Lola. Derweilen hatte Leon den Beo mitsamt seinem Käfig wieder ins Auto verfrachtet und versuchte, ihm neue Wörter beizubringen. Er flüsterte sie ihm zu, weil er nicht wollte, dass wir sie hörten.

Auch Pauline und ich hatten uns wieder ins Wageninnere zurückgezogen. Dort zog Pauline sofort ihr Handy aus der Hosentasche hervor und fing an, damit herumzumachen. »Funkloch!«, jammerte sie. »Keine Verbindung! Ich kann Simon nicht erreichen! Und auch sonst keinen Menschen. Niemand wird uns jemals hier finden. Von retten ganz zu schweigen.«

»Dann gehen wir einfach alle in die Arche Noah«, beruhigte sie Leon. »Oder in einen Iglu.«

»Schwachsinn!«, zischte Pauline.

»Raus hier!«, Papa riss die Wagentür auf. »Wir versuchen es noch einmal!«

Wieder lagen die Fußmatten vor den Rädern.

»Vorsichtig Gas geben!«, rief Papa Mama zu, als sie den Motor anließ.

Obgleich wir uns alle gegen das Auto stemmten, hielten wir doch vor Aufregung gleichzeitig die Luft an. Mit einem Ruck bewegte es sich vorwärts, rollte über die Fußmatten und pflügte sich dann weiter durch den Schnee hügelaufwärts.

»Hurra!«, brüllten wir und verfolgten mit den Augen unseren Wagen, der sich tapfer seinen Weg auf die Kuppe des Hügels bahnte, an dessen Fuß wir zuvor stecken geblieben waren. Erst dort, auf dem höchsten Punkt, hielt Mama an.

»Wo ist Leon?«, rief Papa, Panik in der Stimme, und drehte sich um seine eigene Achse.

Ich entdeckte ihn zuerst. Das heißt, ich entdeckte nur einen winzigen Teil von ihm, nämlich ein Haarbüschel, das aus einer Schneekuhle herausragte. Diese befand sich ein Stück weit entfernt und war von einem Auto verursacht worden, das in den Straßengraben gerutscht war. Offenbar hatten mehrere Leute ohne Erfolg versucht, den Wagen wieder flottzumachen.

»Da hatten wir ja noch Glück im Unglück«, meinte Papa. »Hoffen wir, dass uns das Glück auch weiter treu bleibt.«

»Sitzen da eigentlich noch Leute in diesem Fahrzeug«, Pauline näherte sich vorsichtig, »bereits zu Eiszapfen erstarrt?«

»Schaut mal!«, rief Leon uns freudig zu, als wir ihn aus der Mulde herausfischten. »Ich mache mir und dem Beo einen Iglu gleich neben dem Auto da. Du weißt schon warum, Papa.«

»Ich weiß es«, antwortete Papa mit schwacher Stimme. »Aber mir ist der Appetit sowieso vergangen. Auf alles. Auch auf den Beo. – Und jetzt los. Susanne steht da oben mit laufendem Motor.«

»Hat Mama auch einen Motor?«, fragte Leon. »Das habe ich noch gar nicht gewusst. Den muss ich mir gleich anschauen. Ich dachte, Menschen haben ein Herz.«

»Haben sie auch!«, schrie Papa verzweifelt. Dann klaubten er und Tante Lola noch rasch die Fußmatten zusammen, bevor auch sie schleunigst die Straße hinaufsausten und oben im Auto auf ihre Sitze krabbelten.

Das Auto blieb nicht mehr stehen. Es fuhr und fuhr, wenn es auch immer wieder schlingerte und rutschte. Wenn das geschah, wurde es noch stiller im Wagen als es sowieso schon war.

Nur Beo krächzte von Zeit zu Zeit ein paar Wörter, die wir nicht verstanden. Dann flüsterte ihm Leon etwas zu, was aber niemanden von uns anderen interessierte.

Irgendwann entdeckte Pauline ein völlig zugewehtes Straßenschild. »Halt!«, rief sie. »Vielleicht sind wir ja da!«

»Soll ich wirklich anhalten?«, fragte Mama ängstlich. »Bei dem ganzen Schnee, der inzwischen auf der Straße liegt, kommen wir bestimmt nicht mehr los.«

»Hier ist es topfeben«, entgegnete Tante Lola. »Völlig ungefährlich.«

»Wäre wirklich ärgerlich, wenn wir auch noch übers Ziel hinausschössen«, fand Papa. »Also Pauline, steig mal aus und schau, was dort steht.«

»Es ist wirklich Muatez!«, jubelte Pauline ganz

gegen ihre Gewohnheit, als sie sich auf die Zehenspitzen gestellt und die Schrift vom Schnee befreit hatte. »Brauchen wir nur noch das Haus zu finden.«

Das war nicht schwierig. Es gab nämlich nur eines. Und das war unseres.

Im FÜNFTEN KAPITEL *mag der Bauernhof nicht gestört werden, heult Pauline, verzweifelt Mama und gehen wir alle zusammen auf Jagd*

Vom Auto aus betrachteten wir den Bauernhof, ein Wohnhaus mit einem angebauten Stall und einer Scheune daneben, das von keiner Straßenlampe beleuchtet wurde. Nur wegen dem schimmernd weißen Schnee ringsumher war er einigermaßen zu erkennen.

Unnahbar sah er aus. So als ob es sich in den Winterschlaf begeben hätte und keinesfalls gestört werden wollte.

Der Sturm hatte aufgehört zu heulen, kein Baum ächzte und stöhnte mehr. Nur die Schneeflocken tanzten nach wie vor lautlos vom Himmel herunter. Niemand von uns stieg aus und niemand gab ein Wort von sich. Nicht einmal Leon. Sogar der Beo hielt den Schnabel.

Nach einer Weile sagte Papa leise: »Da wären wir also.«

»Flüsterst du, damit du das Haus nicht aufweckst?«, fragte Leon ebenso leise. »Ich glaube, die Katzen und die Hühner halten wahrscheinlich auch Winterschlaf.«

»Vermutlich. – Und«, Papa wandte sich an Mama, »so einladend, wie dieses Anwesen auf den Fotos aussieht und wie Irene es geschildert hat , ist es bei weitem nicht. Im Gegenteil. Es ist geradezu abweisend.«

»Das sehe ich selbst!«, explodierte Mama. »Aber auch du würdest nicht gerade einladend aussehen, wenn du eingeschneit wärst! Zudem stehen wir jetzt gerade mal drei Minuten hier und schon willst du wissen, wie ungemütlich und ganz und gar scheußlich unsere Ferien werden!« Mühsam kriegte sie sich wieder ein und fügte ruhiger hinzu: »Also ich bin dafür, wir steigen erst einmal aus und betrachten uns das Ganze von innen.«

»Du hast mit deinem Geschrei bestimmt das Haus aufgeweckt.« Vorwurfsvoll sah Leon Mama an. »Vielleicht mag es uns jetzt überhaupt nicht mehr.«

»Es hat uns auch vorher nicht gemocht«, brach es aus Pauline so urplötzlich hervor wie glühende Lava aus einem Vulkan. »Und mich kann es schon gar nicht leiden. Das merke ich genau. Niemand kann mich leiden. Ihr auch nicht mehr. Und Simon …« Die restlichen Worte gingen in einem Meer von Tränen unter.

Mama stürzte sich aus dem Auto und riss die hintere Tür auf, neben der Pauline saß. »Aber Kind!«, rief sie. »Wie kommst du nur auf eine solche Idee! Natürlich mögen wir dich!«

»Nein, mögt ihr nicht!«, heulte Pauline. »Und Simon hat mich den ganzen Tag nicht angerufen und nicht einmal das mickrigste SMS geschickt.«

»Aber wir sitzen in einem Funkloch«, erinnerte ich sie. »Das hast du doch selbst gesagt.«

»Trotzdem«, schluchzte Pauline. »Wenn er gewollt hätte …«

»Shit an' I love you«, schrie der Beo und kratzte

sich am Kopf. Dabei riss er sich ein paar Federn aus. Die schwebten an Paulines Nase vorbei. Vielleicht hielt Pauline diesen schwarzen Federgruß trotz der herumschwirrenden Milben für ein gutes Omen, weil sie nämlich so plötzlich, wie sie zu weinen angefangen hatte, auch wieder aufhörte.

»Auf solche düsteren Gedanken kommt man nur, wenn man müde ist, Hunger hat und Durst«, erklärte Tante Lola. »Das kenne ich von meinen Reisen her. Da wird alles unheimlich und trostlos, vor allem wenn es dann noch dunkel ist. Und ob das Haus uns nun freundlich anschaut oder nicht – reingehen müssen wir. Sonst enden wir wirklich als Eiszapfen.«

»Dann mal los, alle zusammen!« Papa klappte die Tür auf und hielt seine Nase in die eisige Luft. »Brrrrr, verdammt kalt!« Kaum stand er draußen, ließ er beide Arme wie Windmühlenflügel kreisen, um sich warm zu halten. »Diese Wetterverhältnisse hier sind ja langsam schlimmer als die große Sintflut.«

»Das war, wo alle Tiere und Menschen in die Arche Noah gezogen sind!«, rief Leon aus dem Innern des Autos heraus.

»Genau«, antwortete Papa. »Also ich suche schon mal Besen und Schaufel, um den Eingang vom Schnee zu befreien.«

»Auch Hühner, Katzen, Mäuse und Wieren müssen wir befreien«, verkündete Leon und machte sich daran, seine Stiefel wieder anzuziehen, die er nach dem Abenteuer im Straßengraben tropfend ausgezogen hatte.

Inzwischen hatte Papa eine Schaufel entdeckt, die noch nicht völlig eingeschneit war, und fing damit an, sich zum Hauseingang vorzugraben. »Susanne!«, rief er Mama zu. »Wo ist denn nun eigentlich der Hausschlüssel? Der sollte doch irgendwo versteckt sein.«

»Moment mal.« Mama kramte in ihrer Handtasche. »Zum Glück hat mir Irene eine genaue Beschreibung von allem geschickt und unter anderem auch erklärt, wo der Schlüssel liegt. Übrigens wollte sie die Heizung anlassen. Drinnen im Haus wird es nachher bestimmt urgemütlich sein.« Während Mama weiterkramte, sah Tante Lola zum Schornstein hinauf, aus dem, soweit man das erkennen konnte, kein bisschen Rauch in die bitterkalte Nachtluft stieg.

»Also, was ist jetzt, Susanne?«, fragte Papa ungeduldig, der sich bereits bis zur Eingangstür vorgearbeitet hatte. »Hast du nun endlich diese ominöse Beschreibung?«

»Nein, habe ich nicht.« Mama schüttelte den Kopf. Nach einer Weile flüsterte sie tonlos: »Daheim hatte ich sie noch in der Hand, das weiß ich genau. Aber dann habe ich sie zum guten Schluss wohl doch liegen lassen.«

Papa ließ die Schaufel fallen und schnappte nach Luft. »Das bedeutet also, dass wir zuerst einmal um das ganze verdammte Haus herum Schnee schippen müssen, damit wir unter jedem verdammten Abstreifer nach dem verdammten Schlüssel suchen können! Und wenn sich der verdammte Schlüssel da nicht findet, werden wir noch zusätzlich die ganzen verdammten Fenstersimse abbürsten, weil auch da der verdammte Schlüssel sein kann. Und das alles im Akkord, bevor der verdammte Frost uns umbringt.« *Verdammt* war das einzige Wort, das Papa zu dieser Katastrophe noch einfiel.

»Genau so ist es.« Resigniert ließ Mama den Kopf sinken.

»Aber Susanne, kannst du dich denn gar nicht mehr daran erinnern, was Irene geschrieben hat?«, fragte Tante Lola eindringlich. »Ob der Schlüssel nicht vielleicht in einer Nische in der Hausmauer oder …«

»Nein. Ich zerbreche mir ja schon laufend den Kopf darüber.«

»Hast du Uhu dabei?« Leon stellte sich auf die Zehenspitzen und versuchte einen Blick unter Mamas Kapuze zu werfen. »Damit wir deinen Kopf wieder kleben können, wo er doch jetzt hin ist.«

»Meinem Kopf kann niemand mehr helfen, Leon.« Ich glaube, wenn wir nicht dabei gewesen wären, hätte Mama glatt zu weinen angefangen, so fertig war sie.

»Kein Grund zum Verzweifeln!«, gab Tante Lola von sich. »Irgendwie kommt man in jedes Haus.«

»Dein Wort in Gottes Ohr«, murmelte Papa und fischte seine Schaufel wieder aus dem Schnee, in dem sie untergegangen war.

Pauline sprang derweil von einem Bein aufs andere. »Wenn nicht irgendwas passiert, komme ich um in dieser Kälte«, sagte sie zu mir. »Ich habe nicht so viel Speck auf den Rippen wie du.«

»Selber schuld!«, gab ich giftig zurück.

»Ach komm!«, fuhr mich Pauline an. »Tu doch nicht so, als ob dich das Ganze *nicht* ankotzen würde. Gib's doch zu, Ellen!«

Ich nickte. Seit langem war es das erste Mal, dass Pauline und ich wieder einer Meinung waren. Irgendwie tröstete mich das.

Aufmunternd drückte Tante Lola jedem von uns einen Besen in die Hand, die sie weiß-der-Himmel-wo aufgestöbert hatte, nebst einem Handfeger. Den bekam Leon. »Nichts ist besser gegen arktische Temperaturen als körperliche Arbeit«, versicherte sie. »Ich weiß, wovon ich spreche. Letztes Jahr in Lappland, als ich in einen schrecklichen Schneesturm geraten bin, habe ich mir eine Art Iglu gegraben. Das Schaufeln von diesem Ding war mindestens so wichtig fürs Überleben wie der Iglu selbst.«

Wir kehrten, was das Zeug hielt. Auch Pauline, die nicht einmal mehr meuterte. Mir wurde es dabei wärmer.

Pauline leider nicht. »Wenn wir den Schlüssel nicht auftreiben und ich nicht sofort was zu essen bekomme«, man verstand sie kaum, weil ihr vor Kälte die Zähne aufeinander schlugen, »werde ich ohnmächtig.« Trotz der Dunkelheit sah man, wie käsig ihr Gesicht war. Fast geisterhaft. Bestimmt hätte Simon Trauerkloß seine Freude daran gehabt.

Mama, die gerade zum x-ten Mal den Abstreifer vor der Haustür aufhob, riss es bei Paulines Worten geradezu in die Höhe. »Hast du Hunger gesagt?«, fragte sie.

»Den wird man doch haben dürfen, wenn man wie ein Sklave in dieser sibirischen Kälte arbeiten muss«, ereiferte sich Pauline.

»Klar darfst du das«, antwortete Mama.

Ihre Stimme klang so fröhlich wie die von Leon, der den Handfeger in die Höhe hielt und rief: »Hört ihr es nicht? Da gackert ein Huhn! Es ist aufgewacht.« Er ließ den Handfeger fallen und bahnte sich wie ein Schneepflug seinen Weg zum hinteren Teil des Hauses.

»Das war kein Huhn, sondern der Beo«, rief ihm Tante Lola nach. »Der arme Kerl beschwert sich langsam, weil es ihn im Kofferraum friert. Kälte ist er nicht gewöhnt.«

»Nein, es hat gegackert!« Leon ließ sich weder beirren noch aufhalten.

»Geh ihm mal hinterdrein«, bat mich Papa nach einer Weile. »Das wäre heute noch der krönende Abschluss, wenn der Knirps auf Nimmerwiedersehen verschwände.«

Aber schon kam Leon heulend zurück. »Ich habe die Hühner befreit«, schluchzte er. »Aber die wollten das gar nicht so gern. Darum habe ich sie noch ein bisschen gescheucht. Und jetzt sind sie alle fort.

Und meine Füße und Hände sind kalt. Und ich habe so schrecklichen Hunger!«

»Ich höre den Fuchs schon schmatzen«, flüsterte Tante Lola in die eisige Nachtluft hinein.

»Leon, das hat uns wirklich noch gefehlt!«, rief Mama verzweifelt.

»Was fehlt euch denn noch?« Leon hörte zu heulen auf. »Etwas, von dem ich gar nichts weiß? Etwas für Weihnachten vielleicht?«

»Der Schlüssel *und* die Hühner fehlen!« Mama war am Ende ihrer Nerven. »Wo Irene auf ihre Hühner so stolz ist. Es sind ganz besonders wertvolle Exemplare! Schneeweiße Superhennen! Wir müssen sie sofort wieder einfangen.«

»Auch noch weiß! Gibt es denn hier keine andere Farbe mehr!« Mit gebeugten Schultern wie ein alter Mann schlurfte Papa zum hinteren Teil das Hauses, dorthin wo der Stall angebaut ist. »Dann also auf zur Hühnerjagd! Wer weiß, ob wir sie nicht noch als Festtagsbraten benötigen.«

»Festtagsbraten irgendwann! Jetzt bräuchte ich was!«, lamentierte Pauline und trottete Papa hinterdrein.

Den Hühnern ging es womöglich noch schlechter

als uns. Aufgeregt flatterten sie durch die Gegend und versanken sofort im Schnee, wenn sie sich niederlassen wollten. Darin steckten sie dann bis zum Kragen. Vermutlich hatten sie eiskalte Krallen, barfuß wie sie waren.

Anfangs sausten auch wir wie die Hühner ziellos durch die Gegend. Bis zu den Knien wateten wir im Schnee, der sich an unseren Hosenbeinen festsetzte, dann schmolz und schließlich wieder gefror. Schließlich waren unsere Jeans hart wie Ofenrohre. Auch unseren Schuhen, in denen die Zehen wie Eisstückchen lagen, erging es nicht besser.

»Hört auf, wie das Federvieh herumzurennen!«, ermahnte uns Tante Lola. »So machen wir die armen Hühner noch völlig verrückt. Wir müssen die Tiere so gut es geht umkreisen und versuchen, sie wieder in den Stall zu jagen.«

Das war leichter gesagt als getan. Die Hühner waren so durch den Wind, dass sie immer in die falsche Richtung flatterten und erst umkehrten, wenn sie einen von uns vor sich stehen sahen. Endlich hatten wir auch das letzte Huhn die Treppe hinauf in seine Schlafstätte gescheucht.

Tante Lola schob den Riegel vor die Tür und

prüfte, ob die auch wirklich gut verschlossen war, wobei sie mit der Hand um den Rahmen fuhr. »Was ist denn das?« Sie drehte sich um und hielt uns etwas entgegen. »Das ist ein Schlüssel. Der hing da. An diesem großen Nagel. Könnte es am Ende *der* sein, den wir suchen?«

Im SECHSTEN KAPITEL *empfängt uns das Haus eiskalt, gehen Mama und Papa zu Boden, sucht Tante Lola nach einem Beil, möchte Leon Füchse füttern und Pauline nicht allein im Bett liegen*

Wie eine Herde Schafe, die in den Stall möchte, hatten wir uns um Papa geschart. Endlich, nachdem er noch vom Schlüsselloch den Schnee abgekratzt hatte, sperrte er auf. Knarzend öffnete sich die Eingangstür. Kein bisschen Wärme kam heraus. Im Gegenteil! Zornig schickte uns das Haus seine ganze Winterkälte entgegen.

»Mach doch endlich das Licht an!«, riet Mama, die als Letzte hinter uns anderen stand.

»Das versuche ich ja gerade!«, entgegnete Papa. »Es gibt zwar einen Schalter, nur geht das verdammte Licht nicht an.«

Im Flur war es noch viel dunkler als draußen. Wie in einer Gruft.

»Bei den Unwettern heute sind möglicherweise einige elektrische Leitungen beschädigt worden«, mutmaßte Tante Lola. »Vielleicht hat der Sturm hier in der Gegend noch schlimmer getobt als unten im Tal. Wie dem auch sei, in meinem Gepäck ist eine Taschenlampe. Ich hole sie. Ihr habt doch auch welche dabei, nehme ich an. Und Kerzen findet man in jedem normalen Haushalt.«

»Taschenlampen haben wir keine dabei, auch keine Eispickel, keine Steigeisen und Seile. War vielleicht ein Fehler von uns«, stieß Papa hervor. »In ein solches Katastrophengebiet haben wir uns nämlich bisher noch nie verirrt.«

»Aber wie kann ein Wohnhaus nur so schnell auskühlen!«, jammerte Mama in die Dunkelheit hinein. »Die sind doch erst heute weggefahren. Zwar in aller Frühe, aber trotzdem …«

»Lass den Strom schon morgens ausgefallen sein, dann hatte dieses Haus mindestens fünfzehn Stunden Zeit, sich in eine Kühltruhe zu verwandeln«, gab Papa mit Grabesstimme von sich, während er sich als Erster durch die Finsternis tastete.

Überall knackte und ächzte es. Der Wind, der wieder zu blasen angefangen hatte, röhrte durch den Kamin und rüttelte an den Fensterrahmen.

»Ein Gruselfilm ist nichts dagegen«, murmelte Pauline.

Sie musste es wissen. Bestimmt hatte sie jede Menge von diesem Zeug mit Simon Trauerkloß angesehen. Aber unheimlich war es wirklich. Das stimmte. Mit ausgestreckten Armen suchten wir uns tappend zurechtzufinden.

»Warum knackt es hier denn immer so komisch?«, fragte Leon.

»Die Dielen hier erzählen nur ihre uralten Geschichten«, verkündete Mama betont munter. Aber ihre Munterkeit war schnell dahin. »Auahh«, stöhnte sie plötzlich. Etwas fiel um, dann stöhnte Mama noch viel mehr.

»Was ist, Susanne?« Im Dunkeln versuchte Papa, Mama zu Hilfe zu eilen. »Da bist du ja!«, rief er, als er über sie stolperte. Dann ging auch er zu Boden. Wir hörten es am Aufschlag.

»Wie in der Geisterbahn«, murmelte Leon zwischen Grusel und Begeisterung. »Hat euch ein Gespenst ein Bein gestellt? Oder der schwarze Mann?« Für einen Moment hatte er seine kalten Hände und Füße vergessen.

»Nein, eher ein Stuhl«, ächzte Papa. »Mal sehen, wie ich wieder auf die Beine komme. – Oh, was ist denn das?« Gleich darauf ertönte ein Fauchen und Mamas gellender Schrei: »Loslassen! Lass sofort los!« Glas splitterte und irgendetwas sauste direkt an uns vorbei ins Freie.

»Die Katzen sind vielleicht abgezischt! Als wenn der Teufel hinter ihnen her wäre. Seid ihr ihnen auf den Schwanz gestiegen?« Mit dem Vogelkäfig in der einen und einer Taschenlampe in der andern Hand stand Tante Lola in einer großen Diele, wie wir jetzt im Strahl der Taschenlampe erkennen konnten, und betrachtete erstaunt Mama und Papa, die zwischen einer Menge Scherben lagen. »Was ist denn hier los? Warum liegt ihr auf dem Boden?«

»Aus Spaß!«, brüllte Papa. »Warum denn sonst?«

»Shit an' shit!«, rief der Beo. Ihm schien es zu gefallen, wenn etwas los war.

Die Katzen hatten ordentlich zugeschlagen.

Von Mamas Hand tropfte Blut.

»Wart einen Moment. Ich habe was.« Aus seiner Hosentasche fischte Papa ein Päckchen Taschentücher. Dabei zog er ein Blatt Papier mit heraus, das auf den Boden fiel.

Ich hob es auf. »Irenes Beschreibung ist das«, sagte ich.

Ungläubig starrten sich Papa und Mama an. Dann fasste sich Mama an die Stirn. »Als ich heute Morgen in der Hektik des Aufbruchs die Haustür absperrte, habe ich dir Irenes Brief in die Hand gedrückt. Vermutlich hast du ihn dann in Gedanken eingesteckt.«

»Sieht so aus.«

Mama kicherte. Aber Papa war es nicht danach zumute. »Eine ganze Stunde umsonst in der Kälte gebibbert«, murrte er. »Morgen werden wir alle mit Bronchitis oder, schlimmer, Lungenentzündung hier herumliegen. Und du mit einer Blutvergiftung.« Papa betrachtete Mamas Hand mit den tiefen Kratzern. »Kochen wirst du auch nicht können und schon gar nicht abspülen. Kein Arzt wird sich um uns kümmern, weil in absehbarer Zeit keine Ambulanz der Welt mehr durch diesen Schnee kommen kann. Ganz abgesehen davon, dass es uns gar nicht möglich ist, eine zu rufen. Bei einem letzten Butterbrot und einer Banane, die wir noch von daheim mitgebracht haben, werden wir uns langsam zu Tode frieren.«

»Mal doch den Teufel nicht an die Wand!« Missbilligend schüttelte Mama den Kopf, während sie Leon auf einen Tisch setzte, um ihm die nassen Klamotten auszuziehen. »Hol lieber das Gepäck herein, damit wir uns umziehen können.«

»Papa darf den Teufel nicht an die Wand malen! Wo ihm das Haus nicht einmal gehört«, protestierte Leon. »Lieber soll er endlich den Ofen anmachen, damit es mir wieder warm wird.«

»Darum kümmere ich mich jetzt«, versprach Tante Lola. »Ich mache mich schon mal auf die Suche nach einem Herd, dann nach Holz und nach einem Beil, falls wir noch Nachschub brauchen.«

»Ein Beil ist gut!«, schnaubte Papa, während er sich auf den Weg in die stürmische Nacht hinaus machte.

»Du sagst es!«, rief ihm Tante Lola hinterher. »Es gibt nichts Besseres als Holzhacken, wenn man richtig sauer ist.«

»Holz hacken?«, fragte Papa von draußen. »Ich dachte, es gäbe hier eine elektrische Heizung.«

»Wenn der Strom wieder geht, dann schon«, seufzte Mama.

Im Schein der Kerzen, die wir gefunden hatten, erkundeten wir das Haus. In der Diele, durch die wir im Dunkeln schon getappt waren, standen uralte Möbel, die sicher einmal Irenes Urgroßeltern gehört hatten. Von dort aus kam man in eine Wohnküche mit einem Herd, den man zum Glück noch richtig anheizen konnte. Neben der Küche gab es ein Zimmer, das ganz mit Holz getäfelt war. Mindestens ein Viertel des Zimmers nahm ein Kachelofen ein, um den eine Bank lief. Auf einer Seite konnte man den Ofen sogar besteigen und sich oben wärmen. Von dort führte ein Ofenrohr direkt in eines der Schlafzimmer darüber.

»Früher konnte man gerade mal die Küche und dieses Zimmer heizen. Nur noch der Raum darüber war überschlagen. Die Leute waren abgehärtet und damit auch gesünder«, meinte Tante Lola.

»Gesünder, dass ich nicht lache!«, widersprach Papa, der keuchend zwei Koffer durch die Diele nach oben schleppte. »Rheuma hatten sie! Zwangsläufig bekamen sie das in diesen feuchten, ungeheizten Häusern. Mit vierzig Jahren gingen sie am Stock und konnten sich nicht mehr rühren!«

»Papa hat Recht«, stimmte ihm Pauline zu. »Nur Leuten, die nicht ganz dicht sind, gefällt so etwas wie das hier.« Angewidert sah sie um sich.

Zumindest Paulines Befürchtung, dass wir zusammen ein Bett teilen müssten, war umsonst. Im oberen Stock gab es nämlich vier Zimmer. Und da Leon bei Papa und Mama schlafen sollte, reichten die voll aus. Ein Bad gab es auch. Allerdings nur eines für uns alle. Aber das machte nichts aus, weil wegen der Kälte niemand lang darin blieb. Auch die Klobrille war so frostig, dass man sich keine Sekunde länger als nötig darauf setzte.

Mit dem Kerzenlicht war es zwar gemütlicher im Haus, viel wärmer wurde es aber nicht, obwohl im Herd schließlich sogar ein kleines Feuer brannte. Das rauchte mehr, als es loderte. Bald rochen wir wie Grillwürste. Immerhin war die Flamme kräftig genug, um einen Topf Wasser zum Kochen zu bringen.

Mitternacht war längst vorbei, als wir um den Küchentisch saßen, Tee tranken und uns teilten, was wir noch in Irenes Kühlschrank gefunden hatten.

Auch sonst war einiges Essbare in der Speisekammer aufgetaucht: Nudeln, Reis, Linsen, Tee und Kaffee. Tomatensoße im Glas gab es, ebenfalls Marmelade und Honig. Auch Mehl und Öl fehlten nicht.

»Im Notfall können wir ein paar Tage davon leben«, meinte Mama. »Und wie steht es mit dem Holz?«

»Das reicht eine Weile«, beruhigte sie Tante Lola. »Allerdings sind es halbe Baumstämme, die erst einmal zu Kleinholz verarbeitet werden müssen.« Sie warf Papa einen vielsagenden Blick zu. »Ich gehe mal raus und hole noch ein paar Scheite.«

»Langsam wird es Zeit fürs Bett.« Mama gähnte.

Niemand erhob sich. Vielleicht waren wir einfach zu müde oder hatten Angst vor den kalten Zimmern. Wahrscheinlich wären wir bis zum Morgengrauen sitzen geblieben, hätte der Beo nicht angefangen, »Nicht Fressen!« zu krakeelen. Klar, dass er aufgeregt war. Vor dem Küchenfenster hockten die beiden Katzen und starrten ihn an.

»Der Beo hat sich die neuen Wörter gemerkt!« Leon verstand man kaum, weil er seinen Kopf auf die Tischplatte gelegt hatte. »Ich habe sie ihm beigebracht, als Papa ihn heute verschlingen wollte.«

»Ob die Katzen das verstehen, bezweifle ich«, seufzte Papa und beförderte den Beo samt Käfig auf den Küchenschrank. Kurz darauf kamen die Katzen mit Tante Lola in die Küche.

»Hast du den Hühnern noch Gute Nacht gesagt?«, fragte Leon.

»Allen nicht mehr«, antwortete Tante Lola. »Ein Huhn haben wir vorhin übersehen. Das hat der Fuchs geholt. Vorm Stall liegen eine Menge Federn.«

»Der Fuchs?«, murmelte Leon schon fast im Schlaf. »Kann ich den morgen auch füttern?« Die Katastrophe mit dem Huhn hatte er nicht mehr mitbekommen.

»Klar. Den Wolf auch«, versprach Pauline. »Am besten gleich mit uns.«

Aber das hörte Leon nicht mehr mit. Auch merkte er nicht, dass Papa ihn ins Bett trug. Er durfte zwischen ihm und Mama schlafen, damit es ihm nachts nicht zu kalt wurde.

»Und was ist mit uns?« Unter ihren kohlrabenschwarz gefärbten Augenbrauen hervor sah mich Pauline fragend an.

»Jeder hat sein eigenes Zimmer«, antwortete ich.

»Wir müssen uns nicht in ein Bett zusammenquetschen.«

»Müssen nicht, aber können«, entgegnete Pauline. »Bei dieser Kälte wäre das doch besser. Findest du nicht auch?«

Ich fand es auch.

So kam es, dass nur Tante Lola allein ein Zimmer bewohnte.

»Macht es dir nichts aus?«, fragte ich, als sie mit einer brennenden Kerze und dem Beo im Käfig nach oben ging.

»Ich bin es gewöhnt«, antwortete sie.

Aber ich fand, dass sie ein bisschen einsam und traurig aussah.

Im SIEBTEN KAPITEL *schneit es weiter, geht der Strom noch immer nicht, können sich Papa und Mama nicht besonders leiden und machen wir uns auf die Suche nach einem Nachbarn*

Da wo wir sonst wohnen, ist wenig Verkehr und es ist ziemlich still. Das sagen auf jeden Fall alle, die uns besuchen. Aber es ist trotzdem laut im Vergleich zu Irenes Bauernhaus. Ich glaube sogar, ich bin am ersten Morgen aufgewacht, *weil* es so still war. Nichts war zu hören. Kein Auto, kein Flugzeug, keine Stimmen. Nicht einmal die Holzwürmer knabberten an den Balken. Auch die Fußböden und Treppen, die am Abend vorher geächzt und gestöhnt hatten, waren stumm. Vermutlich war es ihnen zum Ächzen zu kalt geworden.

Dort wo ich meine Nase in die Bettdecke vergraben hatte, war der Überzug gefroren. An den Fenstern blühten Eisblumen. Ihre Blätter und Stiele rankten sich über die Scheiben. Es waren die ersten Eisblumen meines Lebens. An einer Stelle, wo sie sich nicht so dicht über die Glasscheibe ausbreiteten, sah ich draußen jede Menge Schneeflocken vorbeischweben.

Pauline schlief noch. Auch ich machte wieder die Augen zu und wartete darauf, dass sich etwas im Haus rührte.

Als Erstes quietschte eine Türangel. Bald darauf knirschten Schritte im Schnee. Ich sprang aus dem Bett und sauste zum Fenster. Es war Tante Lola, die den Weg zur Scheune räumte. Kurz darauf – ich war schon wieder unter meiner warmen Decke verschwunden – hörte ich sie Holz hacken. Das war ein schlechtes Zeichen. Es bedeutete, dass die Heizung nach wie vor nicht lief.

Als Nächstes war Papas ärgerliche Stimme im Flur vor unserer Zimmertür zu vernehmen. »Genauso habe ich mir das alles vorgestellt, Susanne!«, beschwerte er sich lauthals bei Mama. »Aber du wolltest nicht hören. Das Haus ist gruftig und kalt, das Bad wie ein Eiskanal. Und was am Schlimmsten ist: Wir können nicht einmal heimfahren! Wir sind eingeschneit, ist dir das klar? Wir haben kaum was zu essen dabei, weil angeblich so wunderbare Läden in der Nähe sein sollen, wo man Köstlichkeiten wie Nusstorten, Bündner Fleisch und alle Zutaten zu einem leckeren Fondue bekommt. Leider werden wir das Dorf vor Weihnachten nicht mehr erreichen. Weihnachten ist nämlich morgen! Soll ich dir sagen, was wir bekommen werden?« Mama schien nichts darauf zu antworten, denn Papa fuhr gereizt fort: »Nichts bekommen wir. Nur trockenen Reis. Wie schön und wie gemütlich hätten wir es daheim haben können.« Papas Stimme wurde leiser, weil er und Mama die Treppen hinuntergingen.

»Feuer unterm Dach!«, murmelte Pauline, die aufgewacht war, zwischen Decke und Kissen hervor. »Und Papa hat Recht. Was muss uns Mama auch in dieses gottverlassene Bauernhaus schleppen! Wenn heute wieder das totale Funkloch herrscht, kriege ich noch die Krise. Papa hat sie ja schon.« Sie griff nach dem Handy, das auf dem Nachttisch lag und jaulte gleich darauf los: »Ich kriege wirklich die Krise!

Keine Verbindung! Ich könnte Mama in der Luft zerreißen!«

»Wie machst du das?« Leon streckte seinen Kopf zur Tür herein. Gleich darauf folgte der Rest von ihm, eingepackt in einen Schlafanzug, darüber einen Anorak und dicke Socken an den Füßen, die in noch dickeren Hausschuhen steckten.

»Zisch ab!«, befahl ihm Pauline. »Du bist hier unerwünscht.«

»Eigentlich mögen mich sonst alle.« Leon zog seine Hausschuhe aus und krabbelte zu uns ins Bett. »Erzählt ihr mir eine Geschichte?«

»Es war einmal ein Huhn«, fing Pauline an. »Das hatte hübsche braune Federn, schöne braune Augen und lebte glücklich und zufrieden in einem Bauernhof. Eines Tages kam ein Hahn des Weges. ›Langweilig ist es in deinem Stall‹, sagte er. ›Geh mal lieber mit mir spazieren.‹ Das Huhn war geehrt, weil der Hahn es mochte. Es putzte sich die Federn und kam aus dem Stall hinaus. Doch dann flatterte ein anderes Huhn heran, das dem Hahn noch besser gefiel, weil es kohlrabenschwarze Federn hatte. Mit dem ging er davon.«

»Und dann?«, fragte Leon, als Pauline nicht mehr weitererzählte.

»Das dumme Huhn blieb einfach stehen, bis der Fuchs es holte«, schloss Pauline ihre Geschichte.

»Das ist eine hässliche Geschichte«, beschwerte sich Leon mit Tränen in den Augen. Er stieg aus dem Bett und marschierte aus dem Zimmer, ohne seine Hausschuhe wieder anzuziehen.

Pauline schniefte.

»Heulst du?«, fragte ich.

»Ich bin so gemein«, schluchzte sie. »Dabei hat mir Leon gar nichts getan. Und Papa und Mama auch nicht.« Sie angelte sich ein Taschentuch aus ihren schwarzen Jeans, die am Boden lagen, und schnäuzte sich. Dann wischte sie sich über die Augen und starrte zum Fenster. Sie deutete auf die gefrorenen Scheiben. »Ellen, hast du eigentlich die Eisblumen gesehen? Die muss ich fotografieren. In meiner Klasse wird niemand glauben, dass es so etwas noch gibt. Heutzutage liest man von solchen Sachen nur noch in Märchen.«

»Das ultimative Abenteuer.« Diesen Satz hatte ich in einem Buch gefunden und fand ihn gut.

Pauline auch. Denn sie nickte. »Stimmt«, sagte sie.

Obwohl die Heizung nach wie vor nicht lief und es weiterhin wie verrückt schneite, wurde das Frühstück eigentlich ganz gemütlich. Der Herd rauchte nicht mehr so wie am Abend zuvor und die Küche war fast warm. Auch das Wohnzimmer. Tante Lola hatte bereits den Kachelofen in Gang gesetzt. Wenn Papa und Mama miteinander gesprochen hätten, wäre es noch gemütlicher gewesen. Aber die schwiegen sich nur an. Leider gab es auch nicht besonders viel zu essen. Nur Reste der belegten Brote vom

Vortag und die letzten Bananen und Äpfel, die Mama noch von daheim mitgenommen hatte. Ich bedauerte, dass gerade jetzt, wo wir so wenig hatten, Pauline wieder Appetit bekam. Aber ich tröstete mich damit, dass ich dafür ein bisschen dünner werden würde. Was mir bestimmt nicht schaden konnte. Vor allem wenn ich an Mirko aus meiner Klasse dachte …

»Und was machen wir jetzt mit dem angebrochenen Tag?«, fragte Papa nach dem Frühstück. Er schielte auf den Fernseher, der aber nicht lief, ebenso wenig wie das Radio. »Raus kann man nicht – also, was bleibt übrig?«

Mama antwortete nicht. Sie war bleich und sah schrecklich müde aus.

»Ich hätte eine Idee«, sagte Tante Lola. »Im Wohnzimmer habe ich eine recht genaue Landkarte dieser Gegend entdeckt. Darauf habe ich gesehen, dass es ganz in der Nähe noch ein paar andere Häuser gibt. Auch einen Weg dorthin, der jetzt natürlich zugeschneit ist. Aber vielleicht hat man ein paar Stecken zur Markierung aufgestellt. Von diesen Häusern aus müsste es laut Karte eine ordentliche Straße ins Dorf geben.«

»Die Häuser werden im Winter nicht bewohnt sein«, prophezeite Papa. »Kein Mensch mit Verstand lässt sich hier nieder.« Er warf Mama einen erbitterten Blick zu.

»Wenn sie es nicht sind, ist es auch gut«, entgegnete Mama. »Immerhin haben wir dann wenigstens etwas Bewegung.«

»So eine Schnapsidee!«, rief Papa aus. »Ihr wollt doch nicht ernsthaft dorthin gehen? Habt ihr noch nie etwas von Lawinen gehört? Die donnern gerade jetzt zu Tal, das schwöre ich euch. Da bleibe ich lieber hier und langweile mich zu Tode.«

Leon hatte wieder einmal ganz genau zugehört. »Trinkt man viel Schnaps bei einer Schnapsidee?«, fragte er.

»Wenn ich einen hätte, mit Vergnügen«, antwortete Papa.

»Ich nicht.« Mama stand auf, holte die Landkarte, von der Tante Lola gesprochen hatte, und breitete sie vor sich auf dem Tisch aus. Mit dem Zeigefinger fuhr sie darüber und ließ ihn auf einem Punkt liegen. »Hier befinden wir uns also«, sagte sie. »Wenn ich recht sehe, sind die Berge, wo Lawinen zu Tal donnern können, ein gutes Stück entfernt. Und dort«, sie deutete auf mehrere schwarze Punkte, »ist das Dorf.«

»Da werde ich mir dann auch ein Zimmer mieten«, warf Tante Lola ein.

»Hast du hier bei uns nicht genug Platz?«, fragte Pauline.

»Ich möchte niemandem zur Last fallen«, antwortete Tante Lola.

»Vergiss es«, entgegnete Mama. »Außerdem störst du nicht. Wo war ich jetzt stehen geblieben? Egal. Auf jeden Fall gehe ich gern an die frische

Luft.« Fast ein bisschen trotzig fügte sie hinzu: »Ich kann mich nicht erinnern, dass ich jemals einen Tag vor Weihnachten Zeit für eine Wanderung hatte. Das wird eine Premiere. Und die wird mir gut tun.«

»Ich will mit!«, rief Leon. »Vielleicht treffen wir den Ötzi oder einen Yeti.«

»Ich muss auch raus«, erklärte Pauline. »Kann ja sein, dass dort, wo wir hingehen, zur Abwechslung *kein* Funkloch ist.«

Allein wollte ich auch nicht bei Papa und seiner schrecklich schlechten Laune bleiben. »Wenn ihr alle geht ...«

Spöttisch sah uns Papa der Reihe nach an. »Erwartet aber nicht von mir, dass ich euch suche, wenn ihr nicht mehr auftaucht. Draußen sieht man kaum die Hand vor den Augen. Hoffentlich habt ihr auch einen Kompass dabei.«

»Habe ich.« Tante Lola nickte. »Der ist immer im Rucksack. Ohne den hätte schon öfters mein letztes Stündlein geschlagen. In Kanada zum Beispiel ...«

»Verschon mich mit Geschichten, die etwas mit Schnee zu tun haben. Davon habe ich hier genug.« Papa legte seinen Laptop auf den Küchentisch. »Wenigstens zwei Stunden kann ich noch etwas Vernünftiges machen«, verkündete er. »So lange hält die Batterie.«

Tante Lola kam mit ihrem neonfarbenen Rucksack nebst Hut, ihrem Lodenmantel und Bergstiefeln die Treppe herunter. Wir anderen hatten alles angezogen, was wir dabeihatten. Dicke Unterwäsche, dicke Socken, Schianzüge, Mützen und Handschuhe.

Als wir schon fast zur Tür hinaus waren, drehte sich Tante Lola nochmals um. »Philipp«, sagte sie zu Papa, »falls du dich langweilen solltest: Holz zum Zerhacken liegt in der Scheune und das Beil daneben.«

»Auch die Hühner müssten noch gefüttert werden«, fügte Mama hinzu.

»Hat sich dieser Herr da«, Papa sah Leon scharf an, »nicht intensiv für genau diese Arbeiten interessiert? Hühner füttern …«

»Heute darfst du es machen, weil du hier so wenig Spaß hast«, bot Leon großzügig an.

»Die Katzen haben auch noch nichts bekommen«, sagte ich.

»Zum Schluss soll ich vielleicht auch noch den Vogelkäfig ausmisten!«

»Wäre großartig, wenn du mir das abnehmen könntest«, meinte Tante Lola. »Es kann nämlich eine Weile dauern, bis wir wieder zurück sind.«

»Nicht fressen!«, krakeelte der Beo vom Schrank herunter und schielte auf Papa, der kurz vorm Explodieren war. Da machten wir uns schleunigst auf den Weg.

Im ACHTEN KAPITEL *stapfen wir durch den Schnee, finden wir einen Nachbarn, befassen wir uns mit Simon Trauerkloß, wird Papa sportlich und denken Papa und Mama gemeinsam über Weihnachtsgeschenke nach*

Ich kam mir vor wie bei einer Expedition, von der man nicht weiß, wie sie enden wird. Zuerst einmal wanderten wir in ein weißes unendliches Nichts hinein. Mir wurde es ganz schwindlig, weil es kein Oben, kein Unten, kein Rechts oder Links mehr gab. Zumindest kam es mir so vor. Und das war dermaßen aufregend, dass ich keine Sekunde lang an ein warmes Sofa oder ein Buch dachte. So musste es den Forschern am Nordpol oder Südpol ergangen sein, wenn sie sich mit ihren Hundeschlitten, auf denen Vorräte für Monate gestapelt waren, durch den ewigen Schnee kämpften. Auf unserem Schlitten, den wir in der Scheune gefunden hatten, waren keine Vorräte aufgetürmt, sondern dort thronte Leon. Und einen Hund hatten wir auch nicht. Dafür zog Mama den Schlitten.

Tante Lola ging voran und spurte, hinter ihr stapfte Pauline, dann kam ich. Das Schlusslicht bildeten Mama und Leon.

Für dieses Wetter war Tante Lolas Outfit hervorragend geeignet. Uns andern fielen trotz der Mützen unentwegt Schneeflocken in die Augen, während sie auf Tante Lolas Hutkrempe einfach liegen blieben. Auch mit ihren Bergschuhen kam sie besser vom Fleck als wir mit unseren Boots.

Trotz des Nebels schien Tante Lola zu wissen, wohin wir gehen mussten. Wir waren noch nicht lang unterwegs, als sie auf eine Stange deutete, die vor uns auftauchte. »Hier muss unser Weg sein«, sagte sie. »Diese Pfähle werden uns auf Kurs halten. Lasst uns gleich nach dem nächsten Ausschau halten.«

Wir fanden den nächsten Pfahl, auch den übernächsten und alle weiteren, was wegen der schlechten Sicht gar nicht so einfach war. Doch dann kam ein kräftiger Wind auf und trieb immer wieder die Wolken auseinander. Für ein paar Sekunden erschienen tief verschneite Hügel und Wälder. Jedes Mal hoffte Leon, dass sich hinter den düsteren Nebelbänken ein Yeti, ein Ötzi, ein Wolf oder Eisbär zeigen würde. Oder wenigstens ein Haus.

»Ich glaube, ich sehe was!«, rief Tante Lola irgendwann über ihre Schulter zurück. Nur etwa fünfzig Meter von uns entfernt tauchte ein Bauernhof aus einer dicken grauen Wolke auf, die ihn zuvor verhüllt hatte. Ähnlich wie eine Fata Morgana aus der flimmernden Hitze der Sahara. Der Hof war größer als der, in dem wir wohnten. Mehrere Gebäude standen um das Haupthaus herum, auch einen Misthaufen gab es, der es trotz des vielen Schnees schaffte, ein bisschen vor sich hin zu dampfen.

»Der Hof ist bewohnt und bewirtschaftet«, sagte Mama zufrieden. »Lasst uns anklopfen.«

»Anklopfen? Bei wildfremden Leuten? Das kann man doch nicht machen!«, widersprach Pauline.

»Warum denn nicht?« Auch Tante Lola sah darin kein Problem. »Vielleicht freuen die sich sogar.«

»Ohne mich!« Pauline verzog sich unter das Dach

einer Scheune und fing an, sich mit ihrem Handy zu beschäftigen.

Wir andern brauchten erst gar nicht an der Tür zu klopfen, weil die ganz von allein aufging.

Ein Junge stand im Türrahmen. »Grüezi«, sagte er oder auf jeden Fall etwas, das so ähnlich klang.

»Ebenfalls Grüß Gott«, erwiderte Mama. »Wir sind Freunde von Irene Walter und hüten über Weihnachten ihr Haus.« Sie deutete in die ungefähre Richtung, aus der wir gekommen waren. »Sind deine Eltern da?«

»Nein, nur mein Großvater. Der ist aber gerade ins Dorf gefahren.«

»Gefahren?«, fragte Tante Lola.

»Mit dem Traktor und dem Schneepflug. Mit dem Auto kommt man nicht mehr durch.«

Der Junge sah gut aus. Seine Haare waren dunkel und seine Augen braun. Wenn er lächelte, sah man seine weißen Zähne. Eine tiefe Stimme hatte er auch. Und er war mindestens so groß wie Papa.

Hoffnungsvoll deutete Leon auf den Misthaufen. »Habt ihr Kühe? Oder Schafe? Oder Ziegen? Darf ich mir die mal ansehen?« Er war drauf und dran, sich auf den Weg zu machen, dorthin wo er die ganzen Tiere vermutete, aber Mama hielt ihn fest an der Hand.

»Vielleicht ein anderes Mal«, sagte sie.

»Das ist besser. Ihr müsst ja wieder zurück. Und das Wetter wird eher schlechter.« Bisher hatte die Aufmerksamkeit des Jungen uns gegolten, aber nur so lang, bis Pauline auftauchte.

Schluchzend kam sie auf uns zu. Bei ihrem vergeblichen Versuch, sich die Tränen abzuwischen, hatte sich die schwarze Wimperntusche mit dem weißen Make-up vermischt und übers ganze Gesicht verteilt. Die Kriegsbemalung eines Stammeshäuptlings der Apachen war harmlos dagegen. Als Pauline den Jungen im Türrahmen stehen sah, stieß sie einen Schreckenslaut aus, drehte sich um und rannte so schnell es ging in die Richtung davon, aus der wir gekommen waren.

»Ich denke, wir sollten auch gehen«, sagte Mama und verabschiedete sich. Mit Leon auf dem Schlitten versuchte sie, die verzweifelte Pauline einzuholen.

Bevor auch Tante Lola den Rückzug antrat, bat sie den Jungen, seinen Großvater von uns zu grüßen und ihm zu sagen, dass wir völlig eingeschneit wären und obendrein keinen Strom mehr hätten.

Der Junge versprach es, starrte aber weiter Pauline hinterher, die nur noch als Schatten zu erkennen war. Als Tante Lola und ich die andern eingeholt hatten, drehte ich mich ein letztes Mal um.

Noch immer sah uns der Junge nach. Dann winkte er und rief: »Die Kühe, Schafe und Ziegen warten. Besuch mich wieder.«

»Mach ich bestimmt!«, antwortete Leon und winkte ebenfalls.

Schweigend stapften wir weiter, nur von Paulines Schluchzen begleitet.

»Was ist denn passiert?«, erkundigte sich Mama vorsichtig nach einer kleinen Weile. »Irgendetwas mit Simon?«

Offenbar drückte der Kummer Paulines Kehle zu. Denn außer ein paar unverständlichen Lauten kam nichts heraus.

»Geht es vielleicht um das Mädchen mit den Trauerrandaugen?«, fragte ich.

Diese Frage hätte ich mir lieber verkneifen sollen, denn der Gedanke daran gab Pauline den Rest. Sie klammerte sich an den nächsten Pfahl, der am Weg stand, und heulte dermaßen, dass es sie schüttelte. So was hatte der Pfahl bestimmt noch nie erlebt.

»Tut mir Leid wegen Simon.« Tante Lola blieb neben Pauline stehen.

»Was tut dir Leid?«, fragte Pauline. »Du hast Simon doch sowieso nicht gemocht.«

»Mir tut es Leid, dass ich im Sommer so über ihn hergezogen habe. Dazu hatte ich überhaupt kein Recht.«

»Hattest du wohl!«, heulte Pauline los. »Du *hattest* Recht. Er ist nicht nett. Meistens ist er sogar richtig fies zu mir und gemein. Und wenn ich ihm sage, dass ich ihn mag, wird er noch viel ekelhafter. Und jetzt hat er eine andere.«

»Er hat dich gar nicht verdient«, versuchte ich, Pauline zu trösten. »Lass ihn doch in seinen muffigen Kleidern vermodern!«

Ich glaube, das mit den muffigen Kleidern hat Pauline gefallen. Auch die Landschaft um uns herum, die jetzt immer öfters aus den Wolken auftauchte, tat ihr wahrscheinlich gut. Die war nämlich das genaue Gegenteil von Simon Trauerkloß – einfach großartig. Und weiß. Und weit. Auch die Millionen Eiskristalle, die uns der Wind ins Gesicht blies, halfen bestimmt, die Gedanken an ihn zu vertreiben. Denn Pauline sagte: »Ich möchte nicht wissen, was dieser Typ da vorhin von mir gedacht hat. Er hat bestimmt gemeint, eine Verrückte steht vor ihm.«

Leon hatte die ganze Zeit über brav auf seinem Schlitten ausgeharrt und sich ganz offensichtlich seine eigenen Gedanken gemacht. »Wenn es immerzu weiter und weiter schneit«, fragte er, als wir nicht mehr ausschließlich mit Pauline und ihrem Kummer befasst waren, »gibt es dann auch eine Arche Noah, in die wir uns retten können? Schnee ist doch so ähnlich wie Regen. Wenn er schmilzt, wird er zu Wasser. Eigentlich kann man ja von jedem Tier nur immer zwei mitnehmen. Aber es macht bestimmt nichts, wenn wir alle Hühner einpacken. Die Katzen sind sowieso nur zu zweit. Aber was machen wir mit dem Beo, wo der doch allein ist? Fangen wir noch eine Krähe dazu? Hoffentlich machen dann die Katzen nicht Jagd auf ihn und die Krähe. Wir müssen sie noch aneinander gewöhnen.« Ein Windstoß fegte Leon ins Gesicht, sodass er schleunigst seinen Schal darüber zog. Und dann kam schon unser Haus in Sicht.

Papa war in der Scheune, als wir zurückkamen. Nur mit einem T-Shirt und Jeans bekleidet, drehte er uns den Rücken zu und hackte grimmig auf einen Holzklotz ein.

»Bist du wahnsinnig?«, rief Mama. »Halb nackt bei dieser Eiseskälte. Du holst dir doch den Tod.«

»Ist er schon da?«, fragte Leon und sah sich in der Scheune um. »Sitzt er irgendwo?«

»Nein, noch nicht.« Papa schüttelte den Kopf.

»Auf die Art und Weise kriegst du das Ding nie auseinander.« Tante Lola näherte sich Papas Rückseite. »So musst du es machen.

»Ach wirklich?« Langsam drehte sich Papa um. Ich ging schon in Deckung, weil ich dachte, er würde Tante Lola an die Gurgel springen. Aber er tat es nicht. Sein Gesicht war nicht nur ziemlich normal, mir kam es sogar so vor, als ob ihm das Holzhacken gar nicht so wenig Spaß machte. »Dann zeig es mir, Lola«, meinte er. »Die körperliche Arbeit bekommt mir. Fühle mich fit wie schon lang nicht mehr.«

»Echt?« Misstrauisch beäugte ihn Mama. Sie traute dem Frieden nicht.

»Ist wirklich mal was anderes«, meinte Papa. »Obendrein bin ich froh, dass ihr wieder da seid. Ihr hättet mir gefehlt. Wo ich mich langsam hier eingewöhne.«

»Sagtest du eingewöhnen?« Zweifelnd betrachtete Tante Lola Papa von der Seite.

»Er ist total durchgeknallt«, seufzte Pauline.

»Wenn ich dich so anschaue, frage ich mich, wer von uns beiden durchgeknallt ist«, antwortete Papa.

»Ich sehe ganz normal aus«, entgegnete Pauline.

»Das meinst auch nur du.« Papa lachte. »Du siehst aus wie ein Harlekin mit schwarz-weiß eingefärbtem Gesicht. Liegt vielleicht *auch* an der Kälte.«

Pauline zog einen Handspiegel aus ihrer Anoraktasche. »Mein Gott!«, rief sie aus. »Er muss gedacht haben, eine Mega-Irre steht vor ihm.«

»Wer denn?«, fragte Papa, als Pauline verschwunden war.

»Unser junger Nachbar«, antwortete Mama. »Und du hast dich, wie es aussieht, während unserer Abwesenheit nicht gelangweilt.«

»Im Gegenteil«, antwortete Papa. »Nachdem die Batterie meines Laptops leer war, habe ich etwas nachgedacht.«

»Ich weiß, was du dir gedacht hast«, sagte ich.

»Was denn?«

»Nachdem wir schon mal da sind, machen wir das Beste draus. Stimmt's?«

»Stimmt«, sagte Papa. »Und da habe ich zuerst einmal die Umgebung erkundet. Hundert Meter entfernt ist eine kleine Fichtenschonung. Ein paar Bäumchen sind durch den Schnee umgeknickt. Davon können wir uns nachher eins holen. Schließlich brauchen wir ja einen Christbaum.« Papa tat so, als ob er in seinem Leben nichts anderes gemacht hätte, als mit größtem Vergnügen Holz zu hacken und nach Windbruch-Bäumen Ausschau zu halten. »Auch die Hühner habe ich gefüttert und ihnen frisches Wasser gegeben. Die hatten einen Mordshunger. Wer glaubt, dass das blöde Tiere sind, der irrt sich. Jedes Huhn ist anders. Ich habe sie ziemlich lang beobachtet. Und schaut mal, was ich gefunden habe?« Papa deutete auf einen Teller, auf dem drei Eier lagen. »Wir werden den Hühnern noch auf Knien danken, sollten wir sonst nichts mehr zu essen haben. Wenn wir besonders nett zu ihnen sind, legen sie bestimmt noch mehr Eier. Dann könnten wir morgen wenigstens ein Omelett machen. Wie wär's dafür heute mit Nudeln und Tomatensoße?«

»Nichts dagegen«, antwortete Mama.

Nach dem Essen, an dem Pauline mit frisch gewaschenem Gesicht und das erste Mal seit einem Jahr ohne weiße Schminke teilnahm, und von dem Leon behauptete, dass es das beste seines bisherigen Lebens gewesen war, bot Mama großzügig von den mitgebrachten Weihnachtsplätzchen an. »Ich opfere ein paar davon«, sagte sie. »Wir müssen sie nur noch aus dem Auto holen.«

»Aus dem Auto?« Papa sah Mama an. »Da ist nichts mehr. Der Kofferraum ist leer.«

»Leer? Aber da muss doch noch der lila Waschkorb sein. Der, in dem die ganzen Weihnachtsgeschenke sind. Ich hatte ihn gestern früh vor unserer Abfahrt in die Garage gestellt.«

»Da steht er vermutlich noch.« Stöhnend rieb sich Papa die Stirn. »Tut mir Leid. Den habe ich vergessen.«

Ich hatte schon Angst, Papa und Mama würden sich wieder streiten. Aber das taten sie nicht. Wahrscheinlich darum, weil es einfach keinen Sinn hatte.

»Dann gibt es also wirklich kein einziges Geschenk?«, fragte ich.

Mama schien aus einem schweren Traum zu erwachen. »Sieht so aus«, antwortete sie. »Kein einziges.«

»Aber wir haben doch Geschenke.« Leon zeigte in

die verschiedensten Richtungen. »Wir haben einen Beo, wir haben Hühner, wir haben zwei Katzen, wir haben Schnee …«

»Genau. Den haben wir nun wirklich in Hülle und Fülle«, stimmte ihm Papa zu.

Im NEUNTEN KAPITEL *bekommen wir Besuch, sagt Pauline der Farbe Schwarz goodbye, vermissen wir Weihnachtsmänner und befasst sich Leon noch einmal mit der Arche Noah*

Während wir noch über die Geschenke nachdachten oder besser gesagt über die Geschenke, die es an Weihnachten nicht geben würde, rief Leon: »Schaut mal, wer da kommt! Ein Yeti!«

Was Leon so in Begeisterung versetzte, war ein Mann, der wirklich wie ein Yeti aussah. Er hatte einen Stock in der Hand, sein Bart hing voller Eis und Schnee. Auf dem Kopf trug er einen Schlapphut ähnlich wie der von Tante Lola. Alle gingen wir ihm entgegen. Immerhin war es der erste Besucher in unserer Einsamkeit.

»Haben alle Yetis solche Bärte?« Leon zupfte den Mann an seiner Jacke, als wir ihn gemeinsam durch die Diele in die Küche geleiteten.

Der lachte. »Meistens«, antwortete er. »Und die Yetis haben sogar Namen. Meiner ist Peter Fury. Mein Enkel Toby, der übrigens gleich nachkommt …«

»Jetzt sofort?«, unterbrach ihn Pauline.

Als Herr Fury nickte, sauste Pauline aus dem Zimmer in den Flur und von dort aus hörten wir sie die Treppen hinauf in den ersten Stock jagen.

Verblüfft hatte ihr Herr Fury nachgesehen, dann sagte er: »Toby ist noch draußen und räumt hinter eurer Scheune Schnee. Wir sind mit der Schneefräse gekommen. – Auf jeden Fall hat mir Toby erzählt, ihr seid bei uns gewesen«, setzte er das Gespräch fort, als wir zusammen um den Küchentisch saßen. »Mutig, dass ihr euch überhaupt aus dem Haus gewagt habt. Das ist nicht ganz ungefährlich. Bei einem solchen Wetter geht man leicht verloren.«

»Mit ihr nicht.« Mama deutete auf Tante Lola. »Sie kennt sich aus mit Karten und Kompass. Eigentlich mit allem, von dem wir keine Ahnung haben.

Mit Kachelöfen und Hühnern und Holzhacken – einfach allem. Sie hatte früher einen Bauernhof. Das sagt wohl alles.«

»Da habt ihr Glück.« Peter Fury bedachte Tante Lola mit einem langen Blick, der sie ein bisschen verlegen machte. Ich glaube kaum, dass das schon jemand vor ihm geschafft hat. »Entschuldigung, dass ich erst jetzt vorbeischaue«, fuhr er fort. »Ich war in letzter Zeit so mit eigenen Dingen beschäftigt, dass ich mich gar nicht um meine Nachbarn kümmern konnte. Mein Sohn und meine Schwiegertochter liegen seit ein paar Tagen im Krankenhaus. Autounfall. Es dauert noch eine Weile, bis sie wieder nach Hause dürfen. Derweil ist Toby bei mir. Auch über Weihnachten. Das nur zur Erklärung. Sonst wäre ich mit der Fräse schon längst vorbeigekommen.«

»Die Ankunft hier war für uns Großstädter reichlich gewöhnungsbedürftig, fast etwas bedrohlich.« Papa deutete nach draußen. »Zuerst das Schnee-Chaos, dann kein Strom …«

»Wir hatten gestern schlimme Unwetter«, erklärte Peter Fury. »Euer Hof hier liegt zudem recht abseits. Wenn da ein Baum auf eine Leitung fällt, merkt das niemand so schnell. Aber selbst wenn es den Elektrizitätswerken gemeldet worden wäre, hättet ihr vorerst keine Chance gehabt. Die kümmern sich erst einmal um die Stromversorgung von größeren Ortschaften. Hoffentlich habt ihr wenigstens genug Holz und genug zu Essen.«

»Holz ja, Essen wird knapp«, seufzte Mama.

»Den Berg hinunter ins Dorf schaffe auch ich es kaum mehr«, erklärte Peter Fury. »Aber ich kann einiges von meinen Lebensmitteln abgeben. Ich habe genug daheim. Morgen komme ich bei euch vorbei. Der Weg von uns zu euch ist ja geräumt. Selbst wenn es weiterschneit, bringt es doch etwas.«

»Bringst du dann auch deine Frau mit?«, fragte Leon.

»Leon, sei nicht so neugierig!«, ermahnte ihn Mama.

»Die kann ich nicht mehr mitbringen«, antwortete Peter Fury. »Die lebt nicht mehr.«

»Schade.« Leon sah den Bauern mitleidig an. »Aber du hast ja noch Toby.«

Wie zur Demonstration ging die Tür auf und Toby kam herein. Er sah noch besser aus als zuvor. Auf seinen dunklen Haaren glitzerte der Schnee. Er begrüßte Papa, den er noch nicht kannte, nickte uns anderen zu, dann sah er um sich. Bestimmt hielt er Ausschau nach Pauline. Aber nachdem sie nicht da war, setzte er sich auf die Ofenbank. Lang brauchte er nicht auf sie zu warten. Kurz darauf erschien sie. Sie hatte meinen roten Pullover an, ihre schwarzen Zottelhaare ausgebürstet, sodass sie gar nicht mehr so zottelig aussahen, und sie hinten zusammengebunden. Weil nur neben Toby auf der Ofenbank noch ein Platz frei war, setzte sie sich dorthin.

Natürlich beobachtete ich die zwei ganz genau. Schon wegen Simon Trauerkloß, den ich nicht leiden konnte. Ich malte mir aus, dass er nach unserer Rückkehr wieder scharf auf Pauline wäre, sie ihm aber einfach die kalte Schulter zeigte. Der Gedanke machte mir totalen Spaß.

Zuerst einmal schwiegen sich Pauline und Toby aber an. Nach einer Weile sagte Toby – leider saß ich am Tisch und konnte nicht alles ganz genau verstehen – ob Pauline Schi fahren würde. Sie nickte und antwortete, dass sie aber eigentlich gern Snowboard fahren lernen würde. Nur hätte sie keines, weil Papa und Mama alle Weihnachtsgeschenke daheim vergessen hätten und das Snowboard eines davon gewesen sei. Da fing Toby zu lachen an. Er lachte und lachte, weil er das mit den Geschenken so komisch fand. Zuerst dachte ich, Pauline hätte das Lachen völlig verlernt. Aber so war es nicht. Zuerst kicherte sie, dann lachte sie immer lauter. Als sie damit fertig waren, meinte Toby, er hätte zwei Snowboards, und wenn sie wolle, könne er es ihr beibringen. Leider waren dann die Erwachsenen so laut, dass ich nichts mehr verstehen konnte. Aber so, wie Toby und Pauline die Köpfe zusammensteckten, unterhielten sie sich bestimmt ganz wunderbar.

Am Nachmittag stapften wir – Peter Fury und Toby waren wieder abgedüst – *gemeinsam* zur Fichtenschonung, um ein Weihnachtsbäumchen zu holen. Selbst Pauline kam mit, die das Jahr zuvor mit Weihnachten gar nichts am Hut gehabt hatte, weil sie es unerträglich spießig fand.

»Findest du es diesmal weniger spießig?«, fragte ich sie. »Ich meine Weihnachten.«

»Im Gegenteil«, antwortete Pauline. »Von spießig kann man hier wirklich nicht reden.«

Gemeinsam fanden wir ein schönes Bäumchen und *gemeinsam* trugen wir es heim. *Gemeinsam* (von Tante Lola abgesehen, die sich irgendwann in ihr Zimmer verzogen hatte um nachzudenken, wie

sie sagte) suchten wir im Haus nach dem Christbaumschmuck und fanden ihn auch. Auch eine Krippe.

Leon jubelte, als er zwei Schafe, zwei Hirten, zwei Heilige Drei Könige (einer fehlte!), ein Christkind und einen kleinen Engel, Ochs und Esel und Maria und Josef auspackte. »Es passt genau für die Arche Noah!«, sagte er.

Schließlich stellten wir noch *gemeinsam* die Krippe auf und behängten dann *gemeinsam* die kleine Fichte.

»Was habe ich gesagt?« Mama hatte den Schock mit den Geschenken schon einigermaßen überwunden. »Ist es nicht schön, Weihnachten *gemeinsam* vorzubereiten?«, fragte sie Papa, während sie einen goldenen Stern an einen Zweig hängte. »Das ist das erste Mal, glaube ich. Und wenn du mal daheim warst, hat ewig dein Handy gepiepst oder das Telefon geläutet, weil die Firma…«

»Firma?« Papa lachte. »Was ist denn das? Muss man das wissen?«

Unser Weihnachtsbaum wurde richtig schön. Andächtig standen wir davor.

»Nur die Lebkuchenmänner fehlen«, beschwerte sich Pauline. »Wir hatten doch sonst immer welche am Baum. Jedes Jahr. Sollen wir noch ein paar backen?«

»Aus was denn?«, fragte ich.

»Oh, wir haben Mehl, Honig und ein paar Eier, Öl, bestimmt auch Backpulver«, zählte Mama auf. »Zimt und Nelken habe ich schon entdeckt. Versuchen wir es einfach.«

»Genau. Man soll die Flinte nie ins Korn werfen«, verkündete Papa gut gelaunt. Jetzt, wo Peter Fury da gewesen war, schien er auch noch die Angst vor einem Weihnachtsabend mit knurrenden Mägen abgelegt zu haben.

»Was ist eine Flinte?«, rief Leon hinter dem Kachelofen hervor.

»Ein Gewehr«, erklärte Papa.

»Aber wir sind doch keine Jäger.« Leon hatte sich mit dem Beo auf die Ofenbank zurückgezogen und flüsterte immer wieder mit ihm. Daneben saßen die beiden Katzen. »Wir üben nämlich schon Arche Noah«, verriet er uns. »Dazu braucht man auch keine Flinte und kein Gewehr.«

Pauline und ich suchten zusammen, was wir für die Lebkuchen brauchten. Papa warf noch ein paar Scheite Holz in den Küchenherd, damit, wie Mama sagte, die Röhre ordentlich aufheizte.

»Macht es euch was aus, wenn ich mich mit einem Buch auf die Ofenbank zurückziehe?«, fragte Mama.

Mir machte es nichts aus. Im Gegenteil. Es war schön, dass Pauline wieder einmal etwas mit mir unternahm. Es war fast so wie früher.

Zwei Bleche Lebkuchenmänner schoben wir in den Ofen. Weil wir keine Formen zum Ausstechen gefunden hatten, wurde jeder Mann anders. Und sie schmecken wunderbar. So gut, dass vielleicht keiner mehr für den Baum übrig geblieben wäre, wenn Beo nicht rechtzeitig »Nicht fressen!« gerufen hätte.

Das ZEHNTE KAPITEL *handelt von Beos Flucht, meiner Verzweiflung, von Weihnachten, von Pauline und Tante Lola*

Am andern Tag war Weihnachten.

In der Küche und im Wohnzimmer war es richtig schön warm. Papa und Tante Lola hatten eine Menge Holz gehackt und ordentlich eingeheizt. Wir andern hatten den Tisch mit grünen Fichtenzweigen geschmückt und rote Kerzen aufgestellt, die wir ebenfalls in Irenes Weihnachtskiste gefunden hatten. Zum Frühstück gab es Reisbrei mit Marmelade. »Warum gibt es das nicht immer?«, fragte Leon. »Das schmeckt viel besser als Brot.«

»Auf jeden Fall kann man es essen«, meinte Papa und fuhr sich über seine Bartstoppeln. »Ich hoffe, niemand stört sich daran.«

»So ein Dreitagebart steht dir super«, lobte Pauline.

»Und was findest du?« Papa sah Mama an.

»Zum Verlieben«, antwortete Mama.

»Kann ich mit dem Beo noch ein paar neue Wörter üben?«, fragte Leon nach dem Frühstück. »Als Überraschung für euch?«

»Nur zu«, meinte Tante Lola.

Leon verzog sich mit dem Vogelkäfig. Auch ich stand auf, obwohl ich ganz gern noch sitzen geblieben wäre. Es war nämlich supergemütlich in der Küche. Aber weil Weihnachten war, hatte ich mich freiwillig gemeldet, die Hühner zu versorgen. Obendrein wollte ich für das Omelett am Abend noch gründlich nach Eiern suchen.

Ich zog meine Stiefel an und ging vor die Haustür. Es schneite noch immer, und es war noch nebliger, als am Tag zuvor. Man konnte kaum bis zur Scheune sehen.

Obwohl jemand Schnee geschippt hatte, war schon wieder so viel dazugekommen, dass die Schuhe ordentlich Spuren hinterließen. Allerdings nicht nur meine. Auch die Abdrücke von Leons kleinen Stiefeln waren zu sehen.

Leon saß mitten im Hühnerstall, als ich ankam, den Vogelkäfig hatte er auf dem Schoß. In einer Ecke hockten die Katzen, in der anderen drängelten sich aufgeregt gackernd die Hühner zusammen.

»Du kannst die Hühner jetzt nicht füttern«, flüsterte Leon vorwurfsvoll. »Wir üben gerade für die Arche Noah. Die Katzen habe ich auch geholt. Und den Beo. Schau, wie gut er sich schon mit allen versteht.«

Leon öffnete den Vogelkäfig in der Sekunde, als der rote Kater sich duckte und lossprang, ein Windstoß die Tür zum Hühnerstall aufdrückte und den Beo geradezu einlud, mit ihm davonzufliegen. »Nein!« Leo ließ den Käfig fallen und rannte in den Schnee hinaus. Der Nebel schluckte ihn schneller als ich hinterherkam.

»Leon!«, brüllte ich. Nicht weit vor mir entfernt entdeckte ich ihn. In dem unendlichen Weiß sah er klein und verloren aus. »Leon, warte!« So gut es

ging, stolperte ich ihm nach. Endlich hatte ich ihn erreicht und hielt ihn am Arm fest.

»Lass mich! Ich will nicht zurück!«, schrie Leon und versuchte, sich loszureißen. »Ich will, dass der Beo wieder kommt.«

»Du bleibst hier bei mir!« Ich zerrte an Leons Hand. Aber als ich dann mit ihm umkehren wollte, wusste ich schon nicht mehr, wo wir waren. Ich hatte völlig die Orientierung verloren.

Leon heulte und ich stimmte bald mit ein.

Der Schnee war tief, und kalt war er obendrein. Weit und breit war nichts zu sehen, kein Baum, kein Haus, kein Weg mit Stangen, den wir hätten entlanggehen können. Die Welt bestand nur noch aus Schnee und Nebel. Kein Geräusch war zu hören, nicht einmal das Krächzen einer Krähe.

»Mich friert«, schluchzte Leon.

Das war kein Wunder. Leon hatte nicht einmal einen Anorak an.

Auch ich klapperte mit den Zähnen. Aber weniger weil es mich fror, sondern weil ich Angst hatte. Mir kam es so vor, als ob wir stundenlang durch den Schnee gestapft wären. Der nächste Schritt wurde immer noch anstrengender als der Schritt davor.

»Ich will mich hinsetzen«, bettelte Leon immer wieder. Aber ich zerrte ihn weiter. Ich wusste, dass man sich niemals ausruhen darf, wenn man sich im Schnee verlaufen hat. Doch irgendwann konnte Leon wirklich nicht mehr. Er fiel einfach in den Schnee und stand nicht mehr auf. Und ich war selbst so erledigt, dass ich ihn nicht hochheben konnte. Darum hockte ich mich neben ihn, machte die Augen zu – und schreckte hoch, als ein Traktor nicht weit entfernt von Leon und mir mit lautem Getöse ankam. Und dann anhielt. Darauf saß Peter Fury. Und Tante Lola. Und Pauline. Und Toby. Und da wusste ich, dass wir gerettet waren.

Komisch ist es schon, dass ich dachte, Leon und ich wären ewig unterwegs gewesen. Mindestens einen ganzen Tag. Mama hingegen sagte, es sei nur eine Stunde gewesen. Höchstens, weil Tante Lola ziemlich bald gemerkt hat, dass Leon und ich nicht mehr da waren. Nach dem Frühstück wollte sie nämlich den Käfig vom Beo sauber machen. Darum suchte sie Leon zuerst im Haus, dann in der Scheune, zum Schluss im Hühnerstall. Dort kamen ihr die Katzen entgegen und die Hühner sausten aufgeregt durch den Schnee. Und dann entdeckte sie unsere Fußspuren, die ins ewige Nichts führten. Da wusste sie, dass etwas nicht stimmte. Papa und Mama machten sich sofort auf den Weg. Unsere Tritte im Schnee verloren sich aber bald. Der Wind hatte sie zugeweht.

Inzwischen rannten Tante Lola und Pauline in Richtung Bauernhof von Peter Fury. Sie brauchten nicht lang zu rennen, weil er ihnen mitsamt seinem Traktor entgegenkam. Da machten sie sich gemeinsam auf die Suche nach uns. »Weit können die beiden nicht sein«, sagte Peter Fury. »Bei diesem Schnee kommen Kinder doch kaum vom Fleck. Und bei dem Nebel gehen sie sowieso im Kreis herum.«

Und so war es auch. Wir waren höchstens zweihundert Meter von Irenes Haus entfernt, als sie uns fanden. Ganz in unserer Nähe irrten Papa und Mama umher. Die wurden auch gleich mit aufgesammelt. Daheim packte Mama Leon und mich mit heißen Wärmflaschen und jeder Menge Tee ins Bett.

Bevor Leon abtransportiert wurde, sagte er noch zu Tobys Großvater: »Suchst du auch wirklich noch den Beo? Und seid ihr dann auch alle da, wenn ich wieder aufwache? Feiern wir dann alle zusammen Weihnachten?«

Ich bekam noch mit, wie Mama Peter Fury und Toby einlud, am Abend zu uns zu kommen. Ich glaube, sie musste sie nicht dazu überreden.

Leon und ich haben lang geschlafen. Als ich aufwachte, wurde es hinter den Eisblumen schon dämmrig. Von unten drangen die Stimmen von Papa, Mama, Pauline und Tante Lola herauf. Aber auch von zwei Stimmen, die ich noch nicht so gut kannte: die von Peter und Toby Fury.

Ich blieb noch ein bisschen liegen. Durch die Türritzen kamen die verschiedensten Düfte. Es roch nach Orangen und Zitronen, nach Nelken und Zimt – und nach Omelett mit Schinken.

Dann kamen Schritte die Treppe herauf. Pauline streckte den Kopf ins Zimmer. »Aufwachen, ihr Schnarchzapfen!«, rief sie. »Der Beo ist auch wieder da. Pünktlich zum Weihnachtsessen. Beeilt euch. Gleich wird der Baum angezündet.«

»Der Baum?«, fragte Leon und rieb sich die Augen. »Warum denn der? Wo wir ihn doch erst so schön geschmückt haben.«

»Ich meine doch die Kerzen«, beruhigte ihn Pauline. Sie hatte wieder meinen roten Pullover an. »Darf ich?«, fragte sie. »Schwarz passt nicht mehr.«

Mir machte es nichts aus. Ich hatte noch einen gelben Pullover dabei, der mir sowieso besser gefällt.

Ich weiß nicht, wie ich diesen Weihnachtsabend beschreiben soll. Wenn ich sage, es war der schönste in meinem Leben, ist das den andern Weihnachten gegenüber etwas ungerecht. Aber vielleicht kam er mir auch deshalb besonders vor, weil Leon und ich nicht wie der Ötzi geendet haben. Und weil das Weihnachtszimmer mit dem großen Kachelofen besonders gemütlich war. Und weil Peter Fury so fröhlich aussah, vor allem wenn er sich mit Tante Lola unterhielt.

Den ganzen Abend hindurch saß Pauline zwischen mir und Toby. Ich fand es schade, dass Simon Trauerkloß das nicht mitbekam, auch nicht wie hübsch sie aussah.

Es gab ein wunderbares Weihnachtsessen, das ich nicht nur mit größtem Appetit, sondern mit richtigem Hunger verzehrte. Außer dem Reisbrei am Morgen war mein Magen mit nichts mehr gefüttert worden. Außer dem guten Essen gab es jede Menge Weihnachtslieder. Wir hatten viel Zeit zum Singen, weil wir keine Geschenke auspacken mussten. Wir sangen, bis wir heiser waren. Die Katzen saßen auf der Ofenbank und hörten zu, der Beo jubelte mit, so gut er konnte.

»Hast du dem Beo schon wieder neue Wörter beigebracht?«, wollte Tante Lola irgendwann von Leon wissen.

»Richtig kann er sie noch nicht«, antwortete Leon bedauernd. »Du weißt schon, weil wir doch noch Arche Noah üben mussten.«

Doch da riss der Beo seinen Schnabel auf und sagte so deutlich, dass wir es alle verstanden:

VERFLIXTE WEISSE WEIHNACHT!

Ein Schluss, der keiner ist

Am nächsten Tag hörte es zu schneien auf. Ein knallblauer Himmel und eine kalte Wintersonne sahen auf die ganze weiße Pracht herunter. Schon am Vormittag kam ein großer Schneepflug die Straße herauf, auf der wir am ersten Tag angefahren waren.

»Jetzt könnten wir heim, wenn wir wollen«, meinte Papa und sah zum Fenster hinaus, von wo aus man ein Stückchen der geräumten Straße sah.

»Was ist?« Im roten Pullover kam Pauline zur Tür herein. »In die Stadt soll ich zurück?«, jaulte sie wie in alten Zeiten. Aber ich glaube, sie jaulte nur aus Spaß. »In den ganzen Dreck! Das reicht noch locker nach den Ferien. Nein danke! In der Stadt gibt es weder einen Bauernhof noch Hühner, keine frischen Eier, keine Katzen. Keinen Schnee. Keine Landschaft. Nichts. Kommt nicht infrage.«

»Und keinen Toby«, sagte ich.

»Stimmt genau.« Pauline wurde fast so rot wie mein Pullover. »Wo er mir doch Snowboardfahren beibringen will.«

»Und was machen wir?«, fragte Mama und legte Papa die Hände auf die Schultern.

»Urlaub«, antwortete Papa. »Urlaub auf dem Bauernhof.«

Und das machten sie wirklich. Papa war kaum zum Schifahren zu bewegen, weil es ihm so gut auf »seinem« Bauernhof gefiel. Begeistert hackte er Holz und führte Mama immer wieder seine tollen Muskeln an den Oberarmen vor, die er vom Hacken bekommen hatte. Bestimmt hat Irene in den nächsten zwei Jahren genug Holz zum Verfeuern. Als es ein bisschen wärmer wurde und der Schnee pappiger, baute Papa daraus mit Leon im Hof eine riesige Arche Noah. Dazu benötigten sie fast die ganzen restlichen Ferien.

Es war schon komisch, fand ich, dass Papa anfangs so gegen Irenes Bauernhaus war, dann aber gar nicht genug davon bekommen konnte. Mama meinte, als ich sie deswegen fragte, dass einem oft Dinge bedrohlich erscheinen, weil man sie nicht kennt. Wenn man sie mal kennt, verkehrt sich die Angst oft ins Gegenteil.

Pauline und Toby waren die meiste Zeit auf der Piste, wo ihr Toby das Snowboarden beibrachte. So machte nur ich einen Schikurs. Je besser ich fahren konnte, desto mehr gefiel es mir und je mehr es mir gefiel, desto besser konnte ich es.

Am schönsten war es aber, wenn Pauline und ich abends im Bett lagen und wie früher stundenlang alles bequatschten. Ich erzählte ihr auch die Sache mit Papa und der Angst vor dem Fremden. Und sie meinte, vielleicht ginge es auch Simon Trauerkloß so, der Angst vor allem hat, was einfach und hell ist. Aber mehr sagte sie nicht über ihn, dafür umso mehr über Toby.

Tante Lola fuhr nach den Ferien nicht mit uns zurück. Sie nahm sich im Dorf ein Zimmer. Schließlich musste sie sich ja noch um ihr Auto kümmern. Und vielleicht auch ein bisschen um Peter Fury.

Dies ist der vorläufige Schluss meiner Geschichte. Wirklich vorläufig: Denn Pauline telefoniert täglich mit Toby, Leon unterhält sich sogar im Schlaf mit dem Beo (obwohl der doch gar nicht das ist) –, und Mama und Papa planen die nächste Reise nach Muatez.

Also ich finde, dass es vielleicht einen ANFANG, aber kein endgültiges ENDE gibt …

Friederun Reichenstetter studierte Sprachen in München, Straßburg und London. Sie arbeitete u. a. beim World Council of Churches in Genf, dem SOS-Kinderdorfverein und dem Bayrischen Rundfunk. Erst in den letzten Jahren machte sie das Schreiben zu ihrem Hauptberuf. 1991 ist ihr erstes Kinderbuch erschienen, viele weitere sind gefolgt. Das Spektrum reicht vom Bilderbuch bis zum Jugendbuch. Die Autorin lebt in München. Sie ist verheiratet und hat eine Tochter.

Christian Tielmann

Anpfiff für die Superkicker

128 Seiten, illustriert, ISBN 3-570-12801-6

»Pfeifen!«, brüllt Trainer Schäfer erbost. Mit Toni und seinen Freunden ist kein Blumentopf zu gewinnen! Das lassen sich die Kicker nicht bieten. Sie gründen ihren eigenen Verein: »Die Superkicker«. Der Ruhm jedoch lässt auf sich warten – bis Ulla auftaucht, die Sportstudentin mit Trainerlizenz. Jetzt wird sich zeigen, ob die Elf das Zeug zur Erfolgsmannschaft hat.

7290

OMNIBUS

www.omnibus-verlag.de

Wolfram Hänel

Robbie will wieder nach Hause

128 Seiten, illustriert, ISBN 3-570-12752-4

Auf dem Autorasthof passiert es: Border Collie Robbie wird von seiner Familie vergessen! Ehe Herrchen das Missgeschick bemerkt, hat sich ein Brummifahrer den kleinen Hund geschnappt. Doch Robbie will kein neues Zuhause, er will zurück zu seiner Familie! Entschlossen macht er sich auf die Pfoten und tapst mitten hinein in ein großes Abenteuer ...

7289

OMNIBUS
www.omnibus-verlag.de

Elisabeth Zöller

Lara Lustig und der große Klassenzauber

128 Seiten, illustriert, ISBN 3-570-12798-2

Zu ihnen traut sich kein Lehrer mehr, glaubt Lilly. Schließlich ist die 3a als »schlimme Klasse« verschrien. Da kommt Lara Lustig angetanzt mit einem ganzen Sack aufregender Ideen – und plötzlich macht Schule richtig Spaß! Den anderen Lehrern aber ist Lara Lustig ein Dorn im Auge. Jetzt muss die 3a beweisen, dass sie hinter ihrer Lehrerin steht!